Ruhrpoeten e.V. (Hg.)

Budenzauber
Texte zum schönsten Ort im Ruhrgebiet

KLARTEXT

Ruhrpoeten e.V. (Hg.)

Budenzauber

Texte zum schönsten Ort im Ruhrgebiet

R UHR
POE
T EN

Impressum

1. Auflage August 2016

Umschlaggestaltung: Nathalie Funken, Funke Medien NRW, Essen
Satz und Gestaltung: Kathrin Butt, Essen
Titelbild: Brigitte Kraemer
Druck und Bindung: Majuskel Medienproduktion GmbH,
Elsa-Brandström-Str. 20, 35578 Wetzlar

ISBN 978-3-8375-1707-1

www.klartext-verlag.de

Bibliografische Information der Deutschen Nationalbibliothek
Die Deutsche Nationalbibliothek verzeichnet diese Publikation in der Deutschen Nationalbibliografie; detaillierte bibliografische Daten sind im Internet über http://dnb.dnb.de abrufbar.

KLARTEXT

Friedrichstr. 34–38, 45128 Essen
info@klartext-verlag.de, www.klartext-verlag.de

Inhalt

Grußwort
(Ruhrpoeten e.V.) 7

Am Kiosk
(Marlies Blauth) 9

Menschenkenntnis
(Brigitta Brand) 11

Ahoi an der Bude
(Ursula Busch) 19

Oma Scholl
(Franz Firla / Heidi Mink) 23

Bunte Tüte
(Birgitta Gronau) 27

Budenzauber
(Katharina Grzegorek) 35

Anne Bude
(Frank Huvermann) 41

„Was soll der tun, dem dieses Pfand gehört?“
(Thomas Kade) 43

Brauseherzen
(Sarah Meyer-Dietrich) 51

Zwei Gauleuse und Bilder mit Mäuse
(Matthias Reuter) 61

Anne Bude, oder: Das Leben stinkt
(Stefan Robok) 69

Schwatter Stern
(Rüdiger Schulte) 77

Bude verzaubert
(Ullrich Spiegelberg) 83

Frau Münchdorfs Nachlass
(Klara von Annen) 85

Bonus I: Frau Duda
(Julia Sandforth) 93

Bonus II: Das weltweit erste Budenmenü
(Florian Hartinger) 97

Nachwort
(Axel Biermann) 101

Autorenverzeichnis 103

Grusswort

Die Ruhrpoeten e.V. freuen sich sehr, dass diese wunderbare Sammlung an Texten, Geschichten und Gedichten erscheinen konnte. Wir haben im Vorfeld zum 1. Tag der Trinkhallen einen Schreibaufruf gestartet und enorme Resonanz erhalten. 77 Einsendungen haben uns erreicht, aber auch viel Lob für die schöne Idee, einen Anlass zu geben, sich mit der Budenkultur im Ruhrgebiet auseinanderzusetzen.

Man könnte von Schicksal sprechen, was die Ruhrpoeten mit der Budenkultur verbindet: Der erste Platz, den wir im ersten Ruhrgebiets-Literaturwettbewerb vergeben haben, war ein Büdchentext erster Klasse! Verfasst von Julia Sandforth eroberte „Frau Duda" unser Herz. Keine Protagonistin ist solch ein unprätentiöses Ruhrgebietsurgestein mit so viel Liebe und Herzblut wie Frau Duda. Da die Anthologie zum ersten Wettbewerb inzwischen vergriffen ist, haben wir „Frau Duda" als Bonus in diesem Buch abdrucken dürfen.

Wir konnten beim ersten Wettbewerb nicht absehen, welche Zukunft die Idee eines Schreibaufrufs haben und welche Wege sie gehen würde. Voller Naivität wurde der erste Wettbewerb aus dem Boden gestampft, fand gute Resonanz, die Forderung nach einer Wiederholung wurde immer lauter, das Netzwerk der Förderer und Unterstützer erweiterte sich stetig. Nach dem zweiten Wettbewerb kam die Überlegung auf, einen Verein zu gründen und sich manche Wege damit zu erleichtern. Das haben wir Ende 2013 getan – und haben 2014 zum dritten Literaturwettbewerb aufgerufen, im Jahr darauf knüpfte an den Wettbewerb eine große Lesetour an. Mit Sicherheit werden weitere Wettbewerbe und Lesungen folgen. Ein abwechslungsreicher Zwischenhalt ist der 1. Tag der Trinkhallen, bei dem uns die Ehre zuteil wurde, als Programmkuratoren die Sparte Literatur zu betreuen und zu prägen. Eine wunderbare Chance, für die wir der Ruhr Tourismus GmbH sehr dankbar sind, die auch dieses Buch gefördert hat.

Literaturförderung im Ruhrgebiet macht trotz vieler Arbeit großen Spaß! Wir hoffen noch zahlreiche Mitstreiter auf unserem Weg zu finden. Ob als Fördermitglied, als Autor/Autorin oder Veranstalter, das Netzwerk wächst stetig und wird es hoffentlich noch weiter tun.

Wir danken allen Wegbegleitern, Fördermitgliedern und Kooperationspartnern und freuen uns auf viele weitere Projekte! Danken möchten wir an dieser Stelle auch Stephanie Heimgartner und Jasminka Mešić, die mit uns die eingesandten Texte gewälzt und damit bei der Auswahl der Texte für dieses Büchlein geholfen haben.

Wer die Ruhrpoeten e.V. unterstützen möchte, kann dies auch mit einer Fördermitgliedschaft tun, alle Infos gibt es auf www.ruhrpoeten.org oder über unsere Facebook-Seite.

Euer Ruhrpoeten-Vorstand
Till Beckmann, Kathrin Butt und Georg Kentrup

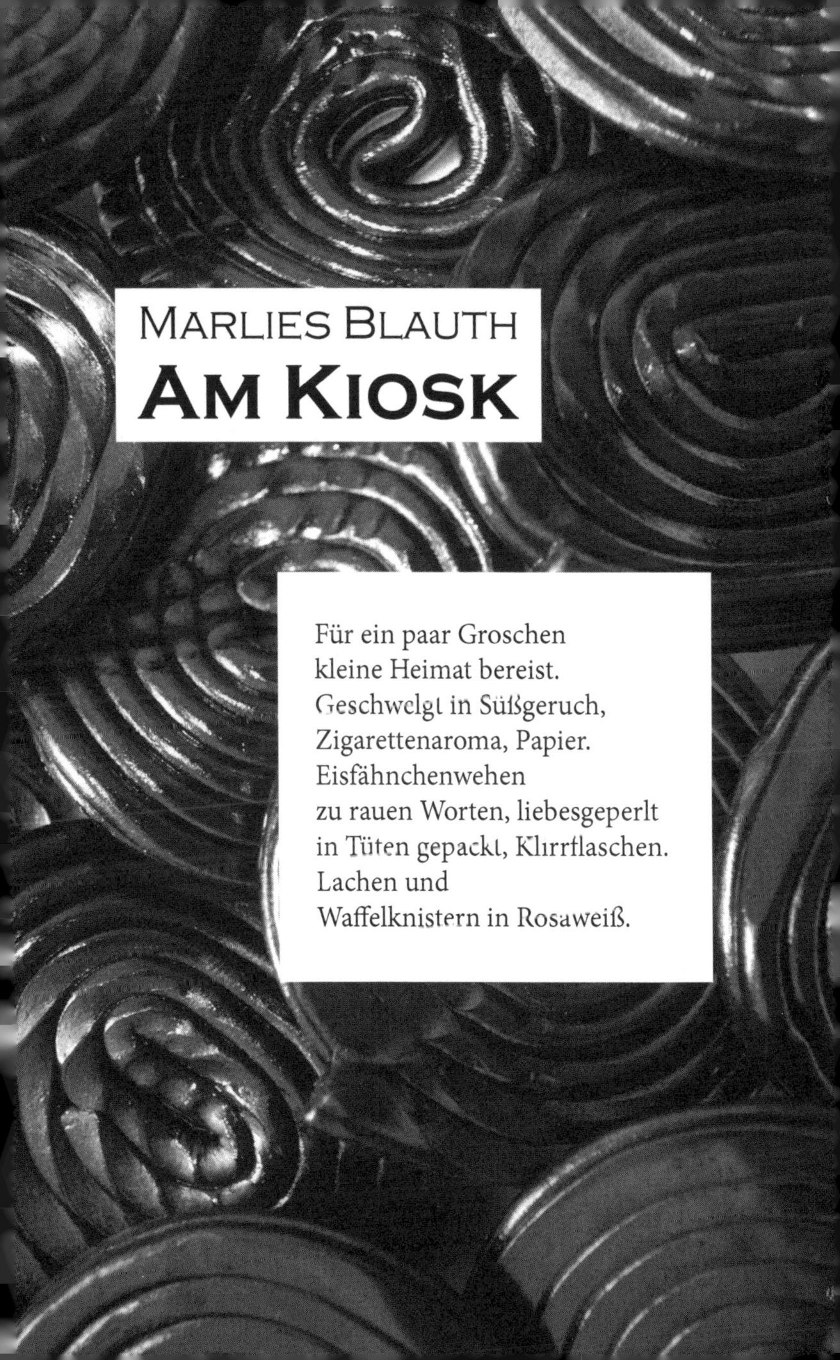

Marlies Blauth

Am Kiosk

Für ein paar Groschen
kleine Heimat bereist.
Geschwelgt in Süßgeruch,
Zigarettenaroma, Papier.
Eisfähnchenwehen
zu rauen Worten, liebesgeperlt
in Tüten gepackt, Klirrflaschen.
Lachen und
Waffelknistern in Rosaweiß.

Brigitta Brand

Menschen-kenntnis

Miriam zupfte ungeduldig am Ärmel ihrer schwarzen Strickjacke, um den sonnengelben Blusenärmel darunter zum Vorschein zu bringen. Der Versuch, den ungewohnten Knitterbaumwollrock an sich glatt zu streichen, blieb erfolglos. Genervt streifte ihr Blick den Spiegel. Sie gewahr die alte selbstredende Sauerfalte über ihrer Nase, die aber verschwand, als sie ein Blechschild sah, das recht auffällig neben der Garderobe platziert worden war: „Ein starker Geist diskutiert Ideen, ein durchschnittlicher Geist diskutiert Ereignisse, ein schwacher Geist diskutiert Leute. Sokrates." „Ah ja", dachte sie, „die wissen hier Bescheid und ermuntern die Gäste zur Flucht vor den schwachen Geistern". Dann verließ sie das Lokal.

„Ich wette, dass keiner von denen Großonkel Willi überhaupt richtig gekannt hat", murmelte sie ärgerlich, als sie auf die Straße trat. „Wahrscheinlich hat er unsere buckelige Verwandtschaft besser gekannt, als es unsere Pappenheimer überhaupt ahnen können. Und dieses oberflächliche Getratsche bin ich so satt … und ich hab 'nen Mordshunger." Sie war nahezu fassungslos über die Art der Kommunikation beim eben stattgefundenen Leichenschmaus nach Willis Beerdigung und schüttelte den Kopf darüber, was sich die Sippe mal wieder leistete. Oder eben nicht … Eigentlich sitzt man doch schön zusammen und erinnert sich bei drei, vier Stückchen Beerdigungskuchen und mindestens acht Tassen Kaffee an den lieben Verstorbenen? Das hatte sie getan! Sich erinnert – und dabei immerhin zwei Tassen Kaffee getrunken, derweil erfolglos nach zumindest Salz*kuchen*

Ausschau haltend. Es gab nämlich außer Salzstangen rein gar nichts Essbares.

Sie hatte sich deshalb entschlossen, der Beerdigungsgesellschaft zu entfliehen und irgendeinen Hunger heilenden Ort in Wattenscheids Straßen zu finden. Dritter, aber wichtigster Grund war, dass die anderen nahezu pausenlos über den toten Willi hergezogen hatten. Hinter vorgehaltener Hand oder sogar laut lachend, nachdem wieder eine Anekdote über Willi zwischen den gestrigen Hängeleuchtern der Gaststätte im Nebel der Lügen und Übertreibungen verklungen war. Wahrscheinlich kam noch die Sinnleere der übrigen sprachlichen Ergüsse der Verwandten dazu, die an ihrer Großnichtenseele zwackte und sie somit aus der kalten Vielsamkeit regelrecht hinauskatapultierte. So motiviert schaute sie sich jenseits der gast- und friedhöflichen Umgebung nach einer Straße um, die nach Leben aussah. Drei Straßen weiter neigte sich ein Wochenmarkt dem Ende zu. Aber ungewaschene Weintrauben und gespritzte Äpfel würden sich nicht mit Beerdigungskaffee vertragen, fand sie. Der quirlige Markt wirkte so, dass sich Miriams gebeutelte Seele wieder auseinanderfalten konnte und sie somit wieder bei sich selbst ankam. Doch der Körper braucht auch etwas zu essen, damit er Lust hat, in der Seele zu wohnen. Sie hangelte hoffnungsvoll mit ihrem Blick die Häuser entlang um zu sehen, ob sich nicht irgendwo ein Plätzchen auftäte, wo sie etwas Anständiges zu essen bekommen könnte. Sie kannte Wattenscheid gar nicht mehr. Wie auch? Mit sieben Jahren war sie zum ersten Mal hier gewesen und mit 15 das letzte. In diesen 90er Jahren gab es in den Sommerferien immer eine Willi-Woche und in all den Jahren hatte er sie regelmäßig ins Planetarium geschleppt – und war dort ebenso regelmäßig im Dunkel der Sternennacht eingeschlafen! Was Saturn und Jupiter alles umtrieb, hatte sie natürlich vergessen. Onkel Willis Geschnarche nicht! Er hatte aufregende Bergwerksbesuche, Kanufahrten auf dem Schwanenweiher und Kinobesuche im alten Capitol ermöglicht. Selbst die Friedenskirche hatte er ihr gezeigt. Heute hatte sie ihn das letzte Mal dort gesehen. Wie schlafend im Planetarium. Sie seufzte. Aber das waren Erinnerungen, die ihr keiner nehmen konnte. Auch die Buckligen nicht.

In all den Gedanken kramend wäre sie beinahe vorbeigestöckelt – hätte sie nicht ein anderer Zauber der Erinnerung gestreift. Es war der Duft! Er wehte plötzlich, obwohl tief im Hirn vergraben, um ihre Nase und erinnerte sie an etwas … Weingummi! Sie blieb stehen und sah sich dem nächsten puren Kindheitsglück gegenüberstehen! Einer wahrhaftig bezaubernden kleinen Bude aus dem Ruhrgebiet, wo man viele große Herzenssachen kaufen kann. Weingummi zum Beispiel. Oder die Tageszeitung, Brause und Gerstenkaltschale. Der Anblick dieses so unauffällig dahingezauberten kleinen Gebäudes reizte sie, denn es schien sich trotz seiner geringen Größe erfolgreich gegen die benachbarten Häuser behaupten zu können. „Ich war doch auch mal so klein! Und Großonkel Willi so groß!“ Und sie sah tatsächlich noch genauso aus wie damals:

Zeitschriften, Tabak und Zigaretten drängten sich ins Bild, lose Bonbons in Gläsern und eine Spardose stand wie eh und je neben der Kanne Kaffeeglück. Vor der Bude standen Männer in Arbeitskleidung oder feinem Bänkeranzug und unterbrachen ihre Unterhaltung, als sie auf Miriam aufmerksam wurden.

„Du kommst wohl nicht von hier wech?"

„Nein … oder doch", stotterte sie, „ich war zwar früher öfter hier, aber das ist schon ein paar Tage her!"

„Dann warste wohl lange nicht hier, woll?"

Die Männer warteten ihr „ja" ab und redeten dann einfach weiter. Miriam ging beherzt auf das Verkaufsfenster der Bude zu. Es war wie gewöhnlich einfach nur zur Seite geschoben und machte damit Worten, Kassenklingeln und Wunscherfüllungen Platz. „Ich hätte wohl ganz gerne eine kleine Portion rote Weingummis. Gibt es die so noch?", fragte sie die Frau wie ein wohlerzogenes Kind, das aus der Zeitfalte gefallen war. „Ja, natürlich haben wir das – noch! Allerdings in einer Papiertüte! Und Currywurst kann ich Ihnen auch machen – mit Pommes. Ich sehe doch, dass Sie Hunger haben!" Die Theke störte irgendwie beim Umarmen-Wollen ... Miriam verschlang den Currywurstberg unter Fritten und war sich sicher, dass so ein Leichenschmaus auszusehen hätte. Die Lebensgeister kamen dann erstmal in Gestalt von Tränen wieder. „Bin heute ziemlich sentimental", flüsterte sie, worauf ihr der Türke eine Packung Papiertaschentücher reichte.

„Du hast Erinnerungen? Sind sie gut oder sogar besser?", fragte die Frau von der Bude und gab ihr ohne eine Miene zu verziehen ein Weingummi.

„Ja", antwortete Miriam schlicht. „Sie sind gut. Sogar sehr gut! Mein Großonkel hat mich früher nach dem Planetarium regelmäßig hierhin mitgenommen. Hier gab es doch Weingummi! Wir haben ihn heute leider beerdigt." Sie ballte die Faust in der Manteltasche.

„Oh ja, ich habe das mitbekommen. Willi Drüppel ist gestorben. Leider konnte ich nicht zur Beerdigung kommen. Sie sehen ja, warum!"

„Sie kannten ihn noch? Kam er denn später", Miriam lachte nun wieder, „noch hierher?"

„Wat denkst du denn, mein Kind. Er war jeden Montag hier. Ich werde ihn dann wohl mal vermissen, woll? Franz, was sagst du dazu?", adressierte sie schrill einen der Männer und Franz drehte sich um.

„Ja, der Willi! Dat war ein feiner Kerl! Ab und zu genehmigte er sich … pscht … eine Flasche Gerstenkaltschale. Mitten am Tag!", er schüttelte den Kopf und schmunzelte.

Der Türke zappelte. „Mir hat immer Kaffee er ausgegeben, wenn ich war da. Mordskerl, der Willi. Allah ihn hab selig."

„Ich sach dir was. Er hat da sowas erfunden, das war kein Mummpitz, sach ich dir. Richtig gut war das", unterbrach die Frau.

„Jetzt bin ich neugierig, Frau …", versuchte Miriam.
„Ich bin die Marianne. Also, da hat er mal vor Jahren mit angefangen. Wenn er wechging, hat er immer das Geld dagelassen für den nächsten, der 'ne Flasche Bier haben wollte. Insofern kamen ne janze Menge Leute in

den Genuss seiner Jroßzügichkeit. Der Willi, nää!", sagte sie und musste sich die Nase schnäuzen.

„Verstehe ich das richtig? Mein Großonkel Willi hat anderen gegenüber solch eine Liebenswürdigkeit fertig gebracht? Ich hatte schon den Verdacht, er könne nur gut mit Kindern! Wissen das hier noch mehr Leute?"

„Aber sicher, woll, Franz? Das wussten alle hier. Und das Beste ist: Das macht heute ein anderer! Und außerdem war das ja nicht das Einzige, was Willi hinterlassen hat!", lachte sie und alle Umstehenden lachten so merkwürdig süffisant mit. Miriam hatte nun keinen Hunger mehr. Nicht, dass er von den Fritten und der Currywurst allein gestillt worden wäre. Ihr Glaube an Onkel Willi war gesättigt worden! Wusste sie es doch. Der war ganz anders. Sie wusste immer schon, wer und wie er war. Und ist. Irgendwie würde er ja noch da sein, sonst hätte er ihr ja nicht den zauberhaften Weg zur alten Bude gezeigt …

Ursula Busch

Ahoi an der Bude

Da standen wir nun, dieser Junge aus meiner Klasse und ich. Damals, im Jahr 1960, ging man noch zur Volksschule. In unserem Fall in die Gartenbruchschule in Gelsenkirchen-Rotthausen. Es muss in der zweiten Klasse gewesen sein, und dieser Rabauke muss mich wohl sehr geärgert oder sogar gehauen haben. Nach mehr als 50 Jahren erinnere ich mich weder genau an den Anlass noch an den Jungen. Aber dass unser Lehrer ihn zu einer Entschuldigung und einer Versöhnungsbrause an unserer Bude verdonnert hatte, das weiß ich noch ganz genau.

Unsere Bude, das war „der Honus". Das Ziel aller Sehnsüchte für Kinder in der Nachbarschaft. Ich bin sicher, sie stand auf einem unbebauten Grundstück im Wiehagen. Aus alten Brettern, vormals grün gestrichen, krumm und schief, bot sie alle Herrlichkeiten der Welt feil. Wenigstens dann, wenn der ebenso krumme und schiefe alte Mann, der dort aushalf, nirgendwo zu sehen war. Er war uns allen etwas unheimlich, und oft überlegten wir, was wohl eher in sich zusammenfallen würde, der Mann oder die Bude.

Aus dem Teerpappendach ragte der Urgroßvater aller Blechschornsteine in den damals noch kohlegrauen Himmel, ebenso schief wie die Bude. Wie aus einem Trickfilm entsprungen sah er aus, und wenn Rauch aufstieg an kalten Tagen wussten wir: Der Honus hat auf.

Ein großer Teil des sehr knappen Taschengeldes, oder der geschnorrten Groschen von Eltern oder Omas, wurde dort in Klümpchen und anderen Kram umgesetzt. Was es nicht alles gab! Gläser voller Delikatessen, zu einem oder zwei Pfennig das Stück: Himbeerbonbons, riesig und kunstvoll rosa, die die Backen ausbeulten und die Zunge färbten. Salmiakpastillen, in Mustern aufzukleben auf den Handrücken, und dann in einer Riesenschweinerei abzulecken. Schwarze Teufel mit roten oder grünen Köpfen, aus Weingummi. Oder waren es rote und grüne Teufel mit schwarzen Köpfen? Lakritzschnecken zum Abrollen. Wehe der schwarze Faden riss! Muschelschalen mit klebriger, nach Honig schmeckender Masse ausgegossen, zum Auslutschen. (Die kostbare Schale konnte man behalten!) Unvermeidliche Nebenwirkung: ein rauer Gaumen. Niemals Veilchen für mich! (Nur mein Bruder mochte sie.) Eine Katastrophe, wenn eins der violetten Dinger in der gemischten Tüte zu fünf Pfennig landete. Sie verdarben den Geschmack aller anderen Süßigkeiten, so intensiv war ihr Aroma. Silberfischchen, metallisch glänzend. Esspapier, das nach nichts Bestimmtem schmeckte, und Pfefferminz in rosa und weiß und sehr süß. Wenn man reich war: Waffelbruch. Rosa oder hellgelber Schaum zwischen zwei Waffellagen. Wenn man viel Glück hatte, waren auch Stücke mit Schokoladenguss dabei. Später kamen die Wundertüten dazu. Teuer, und verdammt von den meisten Müttern! Aber heiß begehrt. Afrika: Wo immer nur blöde Palmen oder Krale drin waren, wenn man doch Zebras und Löwen wollte. Wilder Westen oder Ritter: Entscheidend waren die Pferde.

Aber die Krone aller zweifelhaften Genüsse war Brause. Das köstliche Pulver gab es in kleinen Tütchen, die mit dem Matrosen drauf. Zitronengelb. Himbeerrosa. Waldmeistergrün. Es gab mehrere Methoden, dieses Pulver genießbar zu machen. Die einfachste war, eine Ecke abzureißen, und das prickelnde Zeugs entweder in die Hand zu schütten oder direkt auf die Zunge, und dann auf die Explosion von Säure, Zucker und Aroma zu warten. Oder man steckte den kurzen Strohhalm in das Tütchen, spuckte hinein, und sog die Matsche mühsam hoch. Die Klumpen verstopften oft den Halm, und wenn man dann sehr kräftig sog, bekam man die volle Ladung ab! Lecker.

Der schiere Luxus war aber, wenn man – natürlich nur zu besonderen Gelegenheiten – den Inhaber der Bude um ein Glas kaltes Leitungswasser bat und sich eine richtige Trinkbrause machte. Wie das schäumte! Wie das knisterte! Wie das duftete! Wie waren wir doch elegant! Wir Krötzchen reichten kaum an das Thekenbrett, aber taten sehr erwachsen. Geräusch, Geschmack und Geruch habe ich noch heute in Ohr, Mund und Nase. Kind sein, das bestand in dieser Zeit aus einfachen Dingen. Und heute aus der Erinnerung daran.

„Zum Honus gehen“ war Synonym für Glückseligkeit. Die Bude: Treffpunkt aller Kinder im Viertel, Klatschbörse und früher Konsumtempel en miniature.

Da standen wir nun damals, dieser Junge und ich, wussten nicht, was wir sagen sollten, und nuckelten verlegen an unserer Brause.

Und alles war wieder gut.

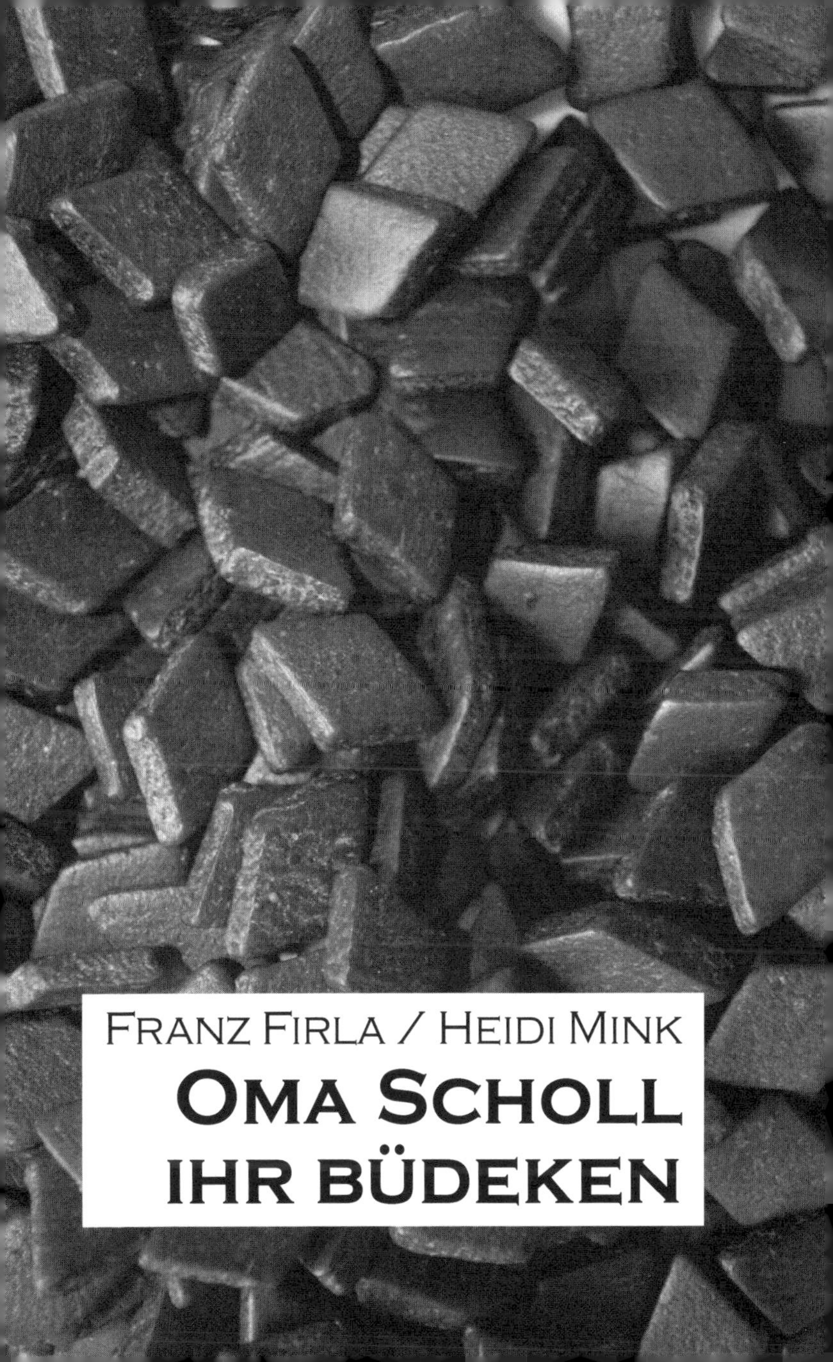

Franz Firla / Heidi Mink

Oma Scholl ihr Büdeken

Oma Scholl ihr Büdeken

Text: Heidi Mink
Musik: Franz Firla

Im Bänkelton
bedächtiges Tempo

An der Gaslaternenecke
stand die bunte Dahlienhecke
und das grün lackierte – süßer Süchte voll –
Büdeken von Oma Scholl.

Weißhaarig und voller Güte
füllte Blockmalz sie in Sternchentüte,
in das Hörnchen für fünf Pfennig Eis,
wohlbeleibt stets ohne Hast und Geiz.

Mir war dort vor allem interessant
der Fliegenfänger – sonst mir unbekannt,
wenn mit Gesurr im süßen Leim sich fing,
die Fliege an dem Band das von der Decke hing.

Eines Tages musste Oma Scholl wohl sterben,
erst begruben sie die Erben,
dann wurde ihr Büdeken abgebrochen,
mir hats noch lang da süßlich gerochen.

Text: Heidi Mink
Musik: Franz Firla

BIRGITTA GRONAU

BUNTE TÜTE

Tu mal noch zwei Fiege raus, Willi." Benno war ziemlich angetrunken und lallte leicht. Aber Willi verstand ihn. Jan dachte, ob es nicht eine gute Idee wäre, jetzt nach Hause zu gehen. Aber da kam auch schon das Bier. Die Sonne war vor Stunden untergegangen und es wurde langsam kalt.

Benno und Jan standen vor „Gerd's Bude", angelehnt an den Tresen, den schon länger keiner mehr abgewischt hatte. Von dem heruntergelassenen Rollladen blätterte die hellgraue Farbe.

„Scheißspiel", sagte Jan.

„Scheißspiel", bekräftigte Benno.

Gleichzeitig öffneten sie ihre Bierflaschen mit einem lauten Plopp.

„Weißt du noch, wie wir uns hier nach'm Training immer 'n Wassereis gekauft ham?", fragte Benno. Jan nickte: „Colageschmack. Und 'ne bunte Tüte, für 50 Pfennig."

„'Ne bunte Tüte. Hatt' ich schon ewig nicht mehr." Benno stierte in den Nachthimmel.

„Lakritztaler und die bunten Smileys. Was ham die an den Zähnen geklebt! Aber am schlimmsten war'n die Cola-Kracher. Damit hab ich mir mal 'ne Plombe gezogen."

Auf der Straße fuhren zwei Autos vorbei. Im Haus gegenüber wurde ein Fernseher ausgeschaltet, das Licht hinter der Fensterscheibe ging aus und ein kleineres Fenster wurde erleuchtet. Schließlich wurde auch das schwarz.

„Schon spät", nahm Jan einen neuen Anlauf.

„Was macht eigentlich der Gerd?“, fragte Benno.

„Arbeitslos“, nuschelte Jan.

„Arbeitslos“, wiederholte Benno, „Scheißspiel.“

„Ja“, antwortete Jan knapp.

„Dafür gibt’s jetzt den Willi. Willi, noch zwei Bier“, orderte Benno. Diesmal verstand Willi ihn nicht sofort: „Ich bin nicht sicher, was du gesagt hast.“

Benno hielt sich sein Smartphone direkt an den Mund und wiederholte extra langsam: „Zwei Fiege.“

„Und ’ne bunte Tüte“, rief Jan von der Seite.

„Und eine bunte Tüte“, brüllte Benno in sein Smartphone, „für zehn Euro.“

„Für zehn Euro? Bist du bekloppt?“, fragte Jan.

„Gemischt, ohne Lakritz“, ergänzte Benno.

„Ey, Mann, ey, wieso denn ohne Lakritz?“, mopperte Jan.

Benno brummte und berichtigte „Gemischt, mit Lakritz. Und mit Cola-Krachern.“

Ein Frosch quakte.

„Vielen Dank für deine Bestellung bei willis-bu.de“, las Benno die Nachricht auf seinem Handy. „Der Betrag von 16 Euro wird von deinem Konto abgebucht. Noch ein Tipp für dich: Menschen, die zwei Fiege und eine bunte Tüte bestellten, bestellten auch drei Kilo Grillkohle.“

„Willst du Grillkohle?“, fragte Benno Jan.

„Jau“, antwortete Jan, „kann man immer gebrauchen.“

Ein Surren war zu hören, wurde lauter und aus der Dunkelheit materialisierte sich eine schwarze Drohne.

Sanft setzte sie das Bier und die bunte Tüte ab.

Benno öffnete die Tüte: „Smileys." Er grinste, nahm einen heraus und warf ihn der abschwirrenden Drohne hinterher. Der Smiley flog meterweit an ihr vorbei.

„Mist. Kennst du noch Frisbee?"

„Fris-was?", fragte Jan.

„Frisbee", wiederholte Benno, „da war ich mal richtig gut drin. Pass auf."

Inzwischen war die Drohne mit dem Beutel Holzkohle gelandet.

Diesmal griff sich Benno einen Cola-Kracher und warf ihn nach der davonfliegenden Drohne. Es gab ein kurzes scharfes Klacken, die Drohne kam ins Trudeln, stürzte ab und krachte auf den Bürgersteig.

„Geht doch", grunzte Benno zufrieden.

„Geil", bestätigte Jan.

Bennos Handy quakte wieder. Diesmal empfahl willis-bu.de den Kauf von Ketchup und Altbier.

„Nimma den Ketchup", empfahl Jan, „aber Altbier, das geht garnich. Zwei Fiege. Wie gehabt."

Die nächste Drohne gehörte Jan. Ein großes Weingummi in Augapfelform, blutunterlaufen, erledigte sie treffsicher.

Es folgte eine Bestellung von einer Packung Grillanzünder, einem Feuerzeug und zwei weiteren Flaschen Bier.

Sie schossen sich langsam ein.

Als wieder eine Drohne am Boden zerschellt war, gingen im Haus gegenüber gleich mehrere Lichter an. Fenster wurden geöffnet.

„Was ist denn das für'n Krach?", rief irgendwer.

Die Haustür öffnete sich und heraus kam ein dicker Mann im Jogginganzug. Ein Rauhaardackel schoss kläffend an ihm vorbei, quer über die Straße auf Benno und Jan zu. Jan hielt ihm einen Weingummischlumpf hin. Das stellte ihn sofort ruhig.

„Was zum Teufel ...", setzte der Dicke an.

„Hallo Heiner", begrüßte ihn Benno.

Der mit Heiner Angesprochene hielt noch einen Sicherheitsabstand, weil er die beiden Gestalten an der Bude im Halbdunkel der Straßenlaternen nicht sofort erkannte.

„Benno?", fragte er vorsichtig.

„Und Jan", ergänzte Jan.

„Ach ihr seid das", brummte Heiner. „Was ist denn hier los? Wer macht denn so'n Heidenlärm mitten in der Nacht? Wart ihr das?"

Benno nickte: „Wir schießen die Scheiß-Drohnen ab."

„Was denn für Drohnen?", fragte Heiner.

Jan wies auf die Trümmer, die auf dem ganzen Gehweg verstreut lagen.

„Die ham den Gerd auf dem Gewissen", sagte Benno.

„Den Gerd?", fragte Heiner. „Ich dachte, der wär' arbeitslos."

„Eben", bekräftigte Jan, „arbeitslos. Is' so gut wie tot."

„Die ham dem Gerd seine Bude ruiniert", erläuterte Benno.

„Wer? Die da?“, fragte Heiner und zeigte auf die Drohnenteile.

„Ja“, Benno und Jan nickten unisono.

„Nehm’ wa noch eins?“, fragte Jan.

„Willze auch ’n Bier, Heiner?“, fragte Benno.

„Sicher. Ich hol nur mal schnell meinen Klappstuhl.“ Heiner zog ab und kam mit einem Campingsessel unterm Arm und der alten Frau Neumann im Schlepptau wieder. Frau Neumann schob ihren Rollator vor sich her. Sie trug einen gesteppten Morgenmantel mit Blumenmuster.

„Ich glaub, ich werd’ blind“, meinte Jan.

Eine Drohne brachte das Bier und noch mehr Grillkohle. Ihr Ende besiegelte eine Lakritzschnecke, die sich um den Rotor wickelte.

Die nächste Bestellung enthielt neben Bier auch eine Flasche Orangenlimo für Frau Neumann und zwei Dosen Linsensuppe, eine weitere Bestellempfehlung von willis-bu.de.

„Kann ich die haben?“, fragte Frau Neumann. „Für meinen Enkel.“

Bis zum Morgengrauen hatte sich die halbe Nachbarschaft an der Bude versammelt. Sie tranken Bier und Limo und erzählten sich von bunten Tüten, Schokoladenzigaretten, richtigen Zigaretten, Vanilleeis, das aussah wie Käse am Stiel, und von der „BILD am Sonntag“, die man an der Bude kaufen konnte, für den Vater zum Beispiel. Und von Gerd, der immer auf dem Laufenden war, ob sich der Günther beim Fußball das Bein gebrochen hatte oder ob die Szczepanskis sich jetzt endlich scheiden ließen.

„Geht mal ’n Stück zurück“, befahl Benno.

Gemeinsam mit Jan und Heiner verteilte er die Holzkohle rund um die Bude. Oben drauf legten sie den Grillanzünder. Benno hielt das Feuerzeug dran, der Anzünder brannte und die Holzkohle begann zu knistern. Kleine Flammen züngelten in die Höhe.

„Auf Gerd!“, rief Benno.

„Und auf seine Bude! Unsere Bude!“, rief Jan.

„Auf dem Gerd seine Bude!“, schallte es zurück.

Dann zischte es – und das Feuer erlosch. „Scheiß Holzkohle“, stellte Benno fest.

Katharina Grzegorek

Budenzauber

Damals, als ich noch klein war – sagen wir so sechs oder sieben Jahre alt – und ich noch im Ruhrgebiet lebte, damals gab es eine Bude. Die Bude war nicht weit entfernt von dem Block, in dem meine kleine Familie wohnte, so ein großer schwarzer Turm, mit Eternitplatten verkleidet, wie die Schuppen eines Drachen. Und in dieser Bude war eine Frau. Stets war sie da, ich erinnere mich an keinen Tag, an dem sie nicht in der Bude stand. Die Budenbesitzerin (?), Verkäuferin (?), Bewohnerin (?) hatte in ihrem Reich alles: Brötchen, Bier, Bonbons und mehr.

„Zehn Brötchen", sagten meine Eltern eines Tages. Zehn Brötchen kosteten zwei Mark an der Bude – nicht mehr und nicht weniger – und sie drückten mir das Geldstück in meine kleine, dicke Kinderhand. Bislang war ich noch nie allein zu der Bude gegangen, doch meine Eltern hielten mich wohl für alt genug, um in dieser kleinen Mission meine Vertrautheit mit den Verkehrsregeln unter Beweis zu stellen. Denn vor der Bude war eine Ampel. Rot stehen! Grün gehen! Und da war auch schon die Bude, im unteren Stock eines Hauses.

Und was war das für eine Bude! Nicht bloß ein Fensterchen! Ein ganzer kleiner Laden! Und ich betrat das Lädchen und traute meinen Augen nicht, so viele Sachen gab es dort. Hier – Dosen von Ravioli – dort Kartons mit Waschpulver – hier – Mehl – dort ein Springseil und so weiter und so weiter, bunte Magazine, eine Schatztruhe voller Eis, ein Ofen voller Brötchen zum Aufbacken und – Bonbons. Ganz verschiedene, bunte

Bonbons, Schlangen, Schnuller, Kirschen, Kugeln, rot, grün, schwarz, bunt. Noch nie hatte ich so viele Bonbons gesehen. Noch nie hatte ich so viel Geld.

Und über all diese Herrlichkeiten herrschte sie. Die Frau. Wie eine Krone umrahmten blonde kurze Locken ihr fleischig-rundes Gesicht, bemalt in Papageienfarben, etwas faltig und glänzend. Aber freundlich. Und wenn sie lächelte, blitzte ein silberner Zahn.

„Möchtest du einen Gummidrops?“, fragte die zauberhafte Frau und streckte mir ein grünes, weiches Bonbon entgegen. Eingelullt von ihrer Freundlichkeit streckte ich mein Händchen danach. Vergessen waren all die Warnungen, nichts von Fremden anzunehmen. Vergessen war die Aufgabe, mit der mich meine Eltern betraut hatten. Ich biss auf den Drops.

„Und was dann geschah, das glaubt mir keiner, doch es ist wahr“, sagte ich.

Und meine Eltern schauten mich an.

Alles begann sich zu drehen, nach links, nach rechts, nach links und dann ein Ruck. Es ging nach oben! Die Bude wuchs nach oben! Ich schaute auf die Frau. Sie grinste, dann lachte sie, dann lachte sie lauter und ihre Locken wirbelten und ihre Augen waren weit aufgerissen und ... die Bude setzte sich in Bewegung! Ich lief zur Tür und ... und ... die Bude schwebte! Nein, sie stand! Sie stand auf Hühnerbeinen!

„Und da wusste ich, die Frau war eine Baba Jaga!“

Und meine Eltern schauten mich an.

Sie wollte mich entführen und fressen! Denn das tun Baba Jagas. Und ich, zart, dicklich, war ein gefundenes Fressen. Umso größer war meine Angst.

Und die Baba Jaga lachte und drehte die Handkurbel ihrer altertümlichen Registerkasse. Und daraufhin setzte sich das Haus in Bewegung! Alles rappelte: Pakete, Kartons, Tüten, Dosen und Bierflaschen! Mit einem Ruck glitten sie aus den aufgestapelten Kästen, zerbrachen, eine nach der anderen, und es bildete sich eine Pfütze, eine Lache, ein See. Und ich war damals klein, wie ich bereits gesagt hatte, und das Bier stand mir bald zu den Knöcheln, bald zu den Knien und ein Seepferdchen hatte ich damals noch nicht.

„Und da wusste ich, sie wollte mich ersaufen. Sie wollte mich marinieren, bevor sie mich verspeist!"

Und meine Eltern schauten mich an.

Die Bierwellen schwappten höher und höher, reichten mir zum Nabel, reichten mir zur Brust und hätte ich nicht in meinem ansonsten recht bescheidenden Kindsverstand die rettende Idee gehabt, dann stünde mir das Bier bald auch bis zum Hals.

In der Ecke stand nämlich ein Besen! Selbstverständlich im Hause einer Baba Jaga. Ich griff nach dem Besenstiel und fest im Blick hatte ich den Brötchen-Ofen. Ich reckte mich in Richtung Ofen. Zu klein. Weiter. „Schneller, schneller", spornte die Baba Jaga die

Kurbel drehend ihr hühnerbeiniges Häuschen an und lenkte es weiter in mein Verderben. Ich reckte mich. Zu weit war der Ofen noch. Ich nahm all meine Kraft zusammen und gerade in dem Moment – welch ein Glück – stolperte eine Hühnerstelze, ich vermute, über eine Straßenbahnoberleitung und – und das gab mir den entscheidenden Schwung und der Ofen öffnete sich.

„Und wie sich das Hexenbüdchen aufrichten wollte, flogen all die kross gebackenen Brötchen in den Ozean aus Bier und sogen sich voll!"

Und meine Eltern schauten mich an.

Jetzt hieß es entkommen. Denn die Baba Jaga hatte natürlich gemerkt, dass ich mich aus der unglücklichen Lage befreit hatte und wetzte schon ihren silbernen Zahn nach mir. So schnell wie ich vermochte, kroch ich aus der klebrig-matschigen Bier-Brötchen-Mischung, griff instinktiv in das Glas mit Hartkaramellen und begann die Baba Jaga damit zu bewerfen. Anscheinend hatte sie nicht mit einem so wehrhaften Opfer gerechnet, als die dicken Zuckerklumpen ihr entgegenkamen.

Wütend schlug die Hexe um sich und warf ein Bonbon-Glas nach dem nächsten um. Meine Chance! Während die Hexe tobte, schnappte ich mir eine Handvoll Brause-UFO's und warf sie in das noch feuchte Brötchen-Moor. Es begann zu brodeln, und wie! Verborgen unter dem dicken brodelnden Schaum musste ich die Gelegenheit zur Flucht nutzen!

Aber das Haus stand noch auf hohen Stelzen und

wankte fürchterlich, hatte es doch mit der wütenden Baba Jaga seine Kontrolle verloren. Schnell griff ich in die Bonbongläser und Kästchen. Entweder würde ich dort die rettende Antwort finden oder dies wäre meine Henkersmahlzeit!

Und dann, die grünen Schnüre! Und ein Kaugummi (mit Sammelbild)! Ich knotete die Schnüre flink zu einem Seil und band es an die Tür, steckte den Kaugummi in den Mund (das Sammelbild in die Tasche) und seilte mich kauend ab und kurz vor dem Boden war meine Gummiblase so aufgeblasen, dass sie einen unangenehmen Aufprall verhinderte. Und dann rannte ich, so schnell mich meine stämmigen Beinchen tragen konnten. Das Hühnerhaus folgte mir! Aber wieder war das Glück auf meiner Seite! Denn eine Viertelsekunde nachdem ich die Ampel überqueren konnte, schaltete sie auf Rot: Und das bedeutet auch für Hexenbüdchen stehen bleiben.

„Und so konnte ich zu euch kommen, meine lieben Eltern! Ohne Brötchen. Aber mit einer gemischten Tüte."

Meine Eltern glaubten mir diese Geschichte natürlich nicht. Wie so viele von euch mir nicht glauben werden. Und da das Büdchen am nächsten Morgen wieder akkurat an seinem Platz stand, ohne Zauber, ohne Füßchen, hätte auch ich es nicht geglaubt. Doch als ich damals mit den Hartkaramellen nach der Baba Jaga warf, den guten für zehn Pfennig, da traf ich ihren silbernen Zahn. Und der fiel raus. Den habe ich mir vor meiner Flucht mitgenommen und trage ihn bis heute bei mir.

Frank Huvermann

Anne Bude

Wenn Anne anne Bude geht,
wo Hertha hinterm Tresen steht,
dann geht im Pott die Sonne auf,
dann nimmt dat Schicksal seinen Lauf.
Ker, Jan und Mann stehn getz hier an,
für Schnittchen, Schnaps und Schnuckerkram.

Helga holt sich wat zu rauchen,
Kevin kann Papier gebrauchen,
für die Schule – kleinkariert!
Kai kricht wat auf's Brot geschmiert.
Rudi reißt schon wieder Witze,
Ayse angelt sich Lakritze.

Bartosz braucht ma wieder „Bildung",
Steffi steht hier einfach so rum.
Kalle kauft sich Korn zu trinken,
Sandra sieht man Wilma winken.
Hertha hört, wat Waltraud weiß,
und Klein-Mahmud möchte Eis.

Franz fragt nach: „Kaffee to Go?"
Susi sacht: „Dat sacht man so!"
Heinz hat wieder ma kein Geld,
Mia meint der Euro fällt.
Und Willi will partout nicht gehen!
„Nää, Hertha! Hier bei dir is schön!"

THOMAS KADE
„WAS SOLL DER TUN, DEM DIESES PFAND GEHÖRT?“

Die Termine der Straßenreinigung hat er sich notiert. Die einzigen in seinem Kalender, einem Werbegeschenk, das seit Weihnachten unbenutzt in der Küchenschublade gealtert ist, bis er es von seinem Nichtstun erlöste. Das Papier muss von minderer Qualität sein, so schnell vergilben die Ränder. Zweimal die Woche klingelt der Wecker, den er auf ungefähr eine Stunde vor den Durchlauf der Reinigungskräfte gestellt hat. Feiertage sind ein Problem, die bringen alles durcheinander.

Heute hört er den Wecker kaum. Viel zu wenig geschlafen hat er diese Nacht, sich lange gewälzt, ist dann doch eingeschlafen, hochgeschreckt von schweißnasser Matratze. Erst fürchtete er, ins Bett gemacht zu haben, dachte, es wird schlimmer mit dem Alter. Als er fühlen konnte, dass die Nässe gleichmässig verteilt war und nicht von seinem Schritt ausging, war er beruhigt. Er hat blind zum Wecker gegriffen, ihn sich dicht vor die Augen gehalten und versucht, die Zeit abzulesen. Halb vier. Schwerfällig hat er sich hochgerappelt, ist zum Klo gehumpelt, saß auf der kalten Brille, vergeblich wartend Wasser lassen zu können. Und ohne Unfall zurück auf die Matratze, das war schon was. Hoffentlich verschlafe ich nicht. Er träumte von einer riesigen Halle, in der unzählige Fließbänder durcheinanderliefen und Flaschen leerten und füllten. „Ein bisschen muss ich geschlafen haben." Er stellt den Wecker aus, fühlt sich wie falsch geknöpft, seine linke Körperseite hängt einen Knopf zu weit unten. Ein Blick nach draußen zeigt ihm, dass es nicht regnet. Er ist beruhigt. So kann noch ein guter

Tag beginnen. Das Anziehen dauert eine Weile, er muss sich auf den Rand des Bettes setzen, um die Schlafanzughose über die Beine zu ziehen. Wann er es das letzte Mal geschafft hat, die Unterhose im Stehen anzuziehen, weiß er nicht mehr. Es wird Jahre her sein. Und erst die Strümpfe. Die Sonne scheint schon ins Zimmer bis zu ihm, und während er die Socken über die Füße streift, stiebt eine Wolke Staub auf. Oft hat er überlegt, nichts mehr aus- und anzuziehen, um nicht soviel Staub zu produzieren, der sich auf alles legt, was ihm etwas wert ist, den Schreibtisch, die Bilder, die Bücher. Eine Putzfrau hat er sich nie leisten können. Jetzt, wo er wirklich eine bräuchte, erst recht nicht. Nimmt er einen lange nicht benutzten Gegenstand in die Hand, geht er ganz vorsichtig zum Balkon, öffnet die Tür und versucht die Staubschicht fortzublasen. Wenn es kalt ist oder regnet, pustet er sie in den Hausflur. Hat er etwas eingeatmet, hustet er den ganzen Tag.

Er öffnet die Wohnungstür. Habe ich meine Schuhe angezogen? Eigentlich müsste der Rücken schmerzen. Er schaut nach unten, auf die alten, bequemen Schuhe, die mehr Falten und Runzeln tragen als er. Die zwei Stofftüten hat er sich vom Schlüsselbrett geangelt, zusammengeknüllt stecken sie in seiner Jackentasche, beulen sie aus. Im aufgesetzten Rucksack ruckeln metallisch mehrere leere Flaschen. Langsam steigt er die Stufen runter, zwanzig pro Stockwerk, sich mit einer Hand am Geländer festhaltend. Drei Stockwerke und die paar Stufen zur Haustür. Er weiß nicht, was anstrengender ist, rauf oder runter. Selbst mit den wenigen

Einkäufen macht ihm das Steigen mehr Schmerzen im Knie. Beim Runtergehen gerät er leichter ins Stolpern. Letzten Sommer hat er einige Nächte in seinem Keller verbracht, auf dem ausrangierten Sessel. Es war angenehm kühl, ruhig, keine raschelnden Ratten, ab und zu, aber selten, im Abwasserrohr Rauschen. Und am nächsten Morgen nur ein halbes Stockwerk mit wenigen Stufen zu seiner alltäglichen Arbeit.

Er ist der erste, die Haustür noch abgeschlossen. Als er vorm Haus die eine Stufe geschafft hat, geht sein Blick zuerst nach rechts, wo auf der einen Ecke eine Spielhalle liegt und gegenüber die Bude, beide schon geöffnet, für Zeitungsleser und Glückssucher. An der Wand tastet er sich vor, schaut auf die Fensterbrüstungen. Ja, der Tag beginnt mit einem glücklichen Fund. Da stehen drei leere Bierflaschen. Das sind 24 Cent, noch kein Brötchen, ein halbes, ungeschmiert. In allen ein Rest klebrig und schal. Er holt aus dem Rucksack eine alte Feldflasche, mit der er vor Jahrzehnten zum Zelten unterwegs war, öffnet quietschend den rostigen Verschluss und füllt die Bierreste in die Flasche. Sie ist mit grauem Filz umhüllt und fällt nicht so leicht aus der Hand. Er lässt sich Zeit bei seinem Tun, sorgfältig wartet er auf die letzten Tropfen, erst dann steckt er die Pfandflaschen in eine der Stofftüten. Sie klirren aneinander, das ist ihm nicht mehr peinlich. Ein Fenster weiter findet er zwei kleine grüne Flaschen. Auch nicht schlecht, Jägermeister. Aus dem Rucksack kramt er einen verbeulten, silbernen Flachmann, ein Geschenk, vom wem hat er vergessen. In dessen schmale Öffnung hält er die umgedrehten Fläschchen und hofft auf ein paar Tropfen des hochprozentigen Inhalts. Dass der gesund sein soll, daran glaubt er nicht, hat er nie geglaubt. Als er den Flachmann zuschraubt, fällt ihm einer seiner besten Tage ein. Spät abends hat er durch die Doppelscheiben lautes Palavern auf der Straße gehört, als würden Männer streiten. Beim Spähen durch die Gardine sah er drei Männer, die neben der Bude standen, abwechselnd Bier und Schnaps tranken, die Flaschen stellten sie auf einem Trafohäuschen daneben ab. Musste einer pinkeln, wandte er sich um und ließ sein Wasser in der Ecke der Toreinfahrt. Gemächlich floss der Urin der drei zwischen ihren Schuhen über das Pflaster zur Straße den Rinnstein hinunter. Als sie gingen, sah er seine Chance, humpelte schnell nach unten und erwischte tatsächlich drei halbvolle Flaschen Bier und eine Schnapsflasche, die sie nur angetrunken hatten. Er musste sie gar nicht umfüllen, kontrollierte den Verschluss, schraubte ihn fest und steckte sie so ein. Jeden Abend sah er seitdem zu dem Trafohäuschen. Einmal wiederholte sich sein Glück schon früh am Tag und er genoss einen guten Morgen, den er sich selbst wünschte. Schnell hat er festgestellt, dass die Sorten nicht zu unterscheiden sind, ob billiges Hansa-Bier oder Warsteiner, die letzten Reste schmecken bei allen verschalt, besonders, wenn sie gemischt sind und mit Spuren von Speichel fremder Menschen angereichert.

Mit einer Hand den Stoffbeutel aufhaltend, mit der anderen die Tür öffnend betritt er die Bude, wünscht dem jungen Mann: „Guten Morgen“. Die Glocke läutet, er weiß, dass ihn vier Kameras filmen, weil der Kiosk schon mehrmals kurz hintereinander überfallen wurde. „Nur abgeben diesmal." Er lässt die Flaschen in den bereitgestellten Kasten poltern. „Wieviel?", fragt der junge Mann. „Drei." Nie überprüft er, ob die Anzahl stimmt. Aber wer würde so tief sinken, um einige Cent an Leergut zu betrügen. Der junge Mann lässt die Centstücke in seine aufgehaltene Hand fallen. Er wiederum zählt nie nach, ob die Summe richtig ist. Die Bude ist gepachtet von einer Familie aus Sri Lanka, alle arbeiten mit, die Älteren können schlecht Deutsch, die Jungen studieren, helfen nur aus und sind im Kopfrechnen nicht zu schlagen. Einmal, als ein gut angezogener Mann mittleren Alters vor ihm dran war und für fünf Euro „Was zum Schnuckern, bitte, aber keine sauren Weingummis" verlangte, hat er Zeit gehabt, sich in Ruhe umzusehen. Es gibt zehn Sorten Wodka, erstaunlich, einen süßen und einen trockenen Rotwein. Die winzigen Münzen steckt er zu anderen in einen Lederbeutel. Er spart, manchmal sagt er sich, für eine größere Anschaffung, und denkt an einen Kasten Bier, den er nicht die Treppen hochtragen könnte. Die Nachbarn kennt er nicht so gut, hat das Gefühl, sie gehen ihm aus dem Weg. Obwohl es ihm heute schwer fällt, macht er seine Runde, einmal um den Block. Eine leere Bierflasche, ein leerer Flachmann, der nur noch den Geruch nach Korn verbreitet, und eine große grüne Flasche billigen Weins sind seine Ausbeute.

„Das reicht nicht." Er geht seine Straße runter, eine Sackgasse, in Richtung der ehemaligen Werksbahntrasse, jetzt ein Schotterweg für Fußgänger und Radfahrer, hauptsächlich genutzt von Hundebesitzern. Er passt auf, dass er nicht in Haufen tritt. Am Ende der Steigung steht eine Bank, auf der meist ein, zwei Trinker sitzen. Er hört sie schon laut reden. „Hallo! Schönes Wetter zum draußen sitzen", spricht er sie an. Drei junge Männer, mit kahl rasierten Köpfen, trinkend und lachend. Er muss erst mal verschnaufen, fragt: „Darf ich mich setzen?" „Hau dich hin," sagt einer, der wie der Anführer aussieht. „Auch Frühstück dabei?", fragt ihn der Jüngste. „Nein, nein, es ist auch zu früh zum ..." Die drei prosten sich zu, leeren in schnellen Zügen ihre Bierflaschen. „Du siehst durstig aus", meint der Anführer, „wenn du was willst ..." Er redet mit den anderen und sie lachen. „Hier!" Er reicht ihm eine Flasche, deren Kronkorken er mit dem Daumennagel wegschnippt. „Trink!", stacheln ihn alle an. Er setzt die Öffnung an die Lippen und schluckt, schluckt und verschluckt sich, hustet und spuckt aus. „Aus-trin-ken! Aus-trin-ken!" Er glaubt, nicht versagen zu dürfen, und schafft es, mit zweimaligem Absetzen die Flasche leer zu kriegen. Er hustet, stößt auf.

„Hier, noch eine." Die zweite Flasche scheint leichter zu gehen. Als er sie ausgetrunken hat, ist ihm schwindlig, „Nichts mehr", bittet er sie, aber einer drückt ihm die dritte in die Hand, hebt seine Hand zum Mund. Er verschüttet das meiste, Schaum und Bier strömen über den Hals ins Hemd. „Ich muss mal", flüstert er. Sie lachen. „Mach doch!" Der Anführer öffnet seine Hose, zieht sie ihm runter. „Kannst du nicht mehr pissen, Alter?“ Er wankt, macht sich in die Unterhose. Sie grölen jetzt, können sich nicht mehr halten. „Mensch, das ist ein Spaß.“ Er sinkt mit offener Hose auf die Bank, sagt: „Ich will nach Hause.“ „Klar doch. Hier hast du noch was, für die Vorstellung.“ Sie packen ihm alle leeren Flaschen und eine volle in den Rucksack. „Bis morgen“, meint der Anführer und er antwortet: „Ja, bis morgen.“

Sarah Meyer-Dietrich

Brauseherzen

Lakritz erinnert mich an Hanna. Hanna, die am ersten Tag auf der weiterführenden Schule in der großen Pause genau wie ich allein auf dem Schulhof steht. Ich stehe allein, weil ich niemanden kenne. Hanna steht allein, weil sie niemanden braucht. Das sagt die Art, wie sie an der Schulhofmauer lehnt.

Ich kann nicht wegschauen, weil alles an Hanna das Gegenteil von der Unsicherheit ist, die heute mit mir in die Schule geschlichen kam. Hannas Jeans. Hannas Turnschuhe. Hannas verwaschenes T-Shirt mit dem Aufdruck: Macht kaputt, was euch kaputtmacht. Und mehr noch: Hannas Blick.

Hannas Blick, der sagt: Ist mir doch egal. Ihr Blick, der den Wirbel, den Mama um die weiterführende Schule veranstaltet, lächerlich macht. So lächerlich, wie ich mich fühle, weil ich wortlos neben Hanna stehe. Mir fällt aber nichts ein, das interessant genug ist, um Hannas Blick standzuhalten.

„Hier." Hanna hält mir eine Tüte hin.

Lakritzschnecken. Obwohl ich Lakritz nicht mag, greife ich zu. Weil alles an mir das Gegenteil von Hannas Blick ist. Alles an mir. Gar nicht egal, säuseln meine Ballerinas. Gar nicht egal, wispert mein Kleid. Seid doch still, will ich sagen.

Wir reden nicht in dieser Pause, Hanna und ich. Wir stehen bloß an die Mauer gelehnt. Hanna bietet mir Lakritzschnecken an. Ich esse. Wenn ich Hannas Lakritzschnecken esse, habe ich ein Recht neben ihr stehenzubleiben, denke ich.

„Hier", sagt Hanna. Die letzte Schnecke in der Tüte.

Hanna selbst hat nur eine gegessen. Nicht hat gegessen. Nein. Isst immer noch. Kaut nicht. Lutscht. Am losen Ende der Schnecke. Den Rest um den Finger gewickelt.

„Willst du denn nicht?", frage ich.

Hanna schüttelt den Kopf. „Ich hasse Lakritz."

Mein Magen verstopft von einer schwarzen, klebrigen Masse. Einer schwarzen, klebrigen Masse, die Hanna hasst.

Warum kaufst du dann Lakritz?, liegt mir auf der Zunge. Aber Hannas Blick macht, dass mir die Frage zwischen den Zähnen klebenbleibt. Dass sie klebenbleibt wie die Lakritzreste, die ich bis zum Abend nicht rausgepult kriege.

Auch am nächsten Tag lehnt Hanna in der großen Pause an der Schulhofmauer. Auch am nächsten Tag gehe ich zur ihr. Obwohl meine Ballerinas ängstlich kreischen: Geh nicht!

Sie stellen sich so an, dass ich über die eigenen Füße stolpere. Hanna sieht mich stolpern. Ihr Blick unbewegt. Egal. Sagt der Blick. Ist mir alles egal. Ich lehne mich neben Hanna an die Wand. Auch das ist ihrem Blick egal, egal, egal.

„Hier", sagt Hanna. Zum Glück kein Lakritz. Heute sind Weingummismileys in der Tüte. Ich greife zu, um neben Hanna stehenbleiben zu dürfen. Der Smiley, den ich aus der Tüte ziehe, ist gelb. Der Smiley, an dem Hanna herumlutscht, ist grün.

Vielleicht ist das Gelb des Smileys Schuld dran, dass ich übermütig werde. Dass sich eine Frage vorlaut über meine Lippen wagt, die ich nicht vorhatte zu stellen: „Weingummismileys hasst du also auch?"

Ich erschrecke. Halte den Atem an. Die Ballerinas auf Flucht eingestellt.

Da beginnt Hanna zu lachen. Ein heiseres Lachen, um das ich sie beneide. Weil es das Gegenteil von allem an mir ist. Weil es sich vor nichts und niemandem fürchtet.

Ich habe Hanna zum Lachen gebracht. Ich darf stehenbleiben. Neben Hanna. Trotzdem greife ich jedes Mal zu, wenn sie mir die Tüte hinhält. Während Hanna am selben grünen Smiley herumlutscht. Der immer dünner und durchscheinender wird.

„Mir ist schlecht", sage ich am Ende der Pause. „Bestimmt bin ich so grün im Gesicht wie dein Smiley."

Hannas heiseres Lachen. Von nun an versuche ich dauernd, witzig zu sein. Hanna hat mich um den Finger gewickelt wie eine Lakritzschnecke.

Am nächsten Tag lehnt Hanna in der großen Pause nicht an der Schulhofmauer. Sie lehnt im Schulflur an der Wand. Ihr Blick sagt: Egal. Als meine Ballerinas zögernd auf ihrer Höhe ankommen, stößt Hanna sich von der Wand ab. Läuft Richtung Ausgang. Als meine Ballerinas wie mit Lakritzschneckenresten festgeklebt stehenbleiben, dreht Hanna sich um. „Komm", sagt sie.

Mein Herz klopft, während ich neben Hanna her auf den Schulhof laufe. Es klopft, als Hanna und ich uns an die Schulhofmauer lehnen. Klopf, klopf, macht es. Klopf, klopf. Jemand zu Hause? Nein. Denn ich bin völlig außer mir. Schaue zu, wie meine Hand in die Tüte greift, die Hanna mir hinhält. Ein Brauseherz kann selbst Hanna nicht eine Pause lang essen, denke ich, während sich mein rosafarbenes Brauseherz auf der Zunge auflöst.

Doch. Kann sie. Hanna lutscht nicht. Sie leckt mit der Zunge über ihr zitronenfaltergelbes Brauseherz. Ganz langsam. Immer wieder. Und wieder. Während sich auch meine nächsten Brauseherzen eins nach dem anderen auflösen. Und Hanna mir immer wieder die Tüte hinhält: „Hier."

Je öfter ich Hanna zum Lachen bringe, desto weniger glaube ich, dass ich die Tüte leeressen muss, um in der Pause neben ihr stehen zu dürfen. Es kommt ein Wintertag, an dem ich in den schlumpfblauen Himmel schaue und entscheide: Heute nur ein Weingummi. Ein Wintertag, an dem Hanna mir die Tüte mit Weingummischlümpfen hinhält. Ich weiß, wie zäh und klebrig Schlümpfe sind. Im Sommer und Herbst hatte ich an den schlumpfblauen Tagen Weingummireste zwischen den Zähnen, die ich bis zum Abend nicht rausgepult bekam. Aber an diesem Tag bleiben keine Schlumpfreste zwischen den Zähnen kleben. Heute ist der Schlumpf nicht klebrig und zäh. Weil ich nicht kaue. Sondern lutsche. Wie Hanna. Genau wie Hanna.

Immer wieder hält sie mir die Tüte hin. Immer wieder schüttle ich den Kopf.

Ich lutsche den Schlumpf, bis er dünn und durchsichtig geworden ist. Dünn wie Hanna, die ihr Machtkaputt-was-euch-kaputtmacht-T-Shirt auch im Winter trägt. Darüber eine dünne Jacke, weil alles an Hanna dünn ist. Ich wünschte, ich könnte auch so eine Jacke und Chucks tragen. Aber Mama besteht auf einem Mantel und Stiefeln, die sich genauso anstellen wie die Ballerinas im Sommer.

Am Ende der Pause schaut Hanna mich so an, dass ich mir zum ersten Mal, seit ich sie an der Schulhofmauer lehnen sehen habe, kein bisschen lächerlich vorkomme. Ihrem Blick ist nicht egal, dass ich nur einen Schlumpf gegessen habe. Gar nicht egal. An diesem Tag wartet Hanna zum ersten Mal nach Schulschluss auf mich. Im Flur an die Wand gelehnt. Als meine Stiefel auf ihrer Höhe ankommen, stößt Hanna sich ab. Und wir gehen. Zusammen. Den Bürgersteig entlang. Meine Stiefel wollen hüpfen, aber ich verbiete es ihnen. Still, seid doch still. Mein Herz hüpft, aber das kann Hanna ja nicht sehen.

Einmal kommt Hanna nach der Schule mit zu mir.

„Zieht doch bitte eure Schuhe aus", ruft Mama aus der Küche.

Ich ziehe die Stiefel aus. Hanna zögert. Zieht dann doch die Chucks aus. Ihre Socken sind dünngescheuert. Hannas Socken sehen ängstlich aus. So ohne Chucks. Sprungbereit. Nein. Das bilde ich mir bloß ein. Nichts an Hanna ist ängstlich.

Dann sitzen wir am Tisch. Mama hat Lasagne gemacht. Ich liebe Lasagne. Hanna liebt Lasagne nicht. Sie sitzt bloß da. Zieht mit der Gabel Bahnen durchs

Essen. Dabei kann Mama es nicht leiden, wenn man mit Essen rummatscht.

„Magst du keine Lasagne?“, fragt Mama.

„Hab schon gegessen“, sagt Hanna. Ich weiß, dass Hanna lügt. Mama weiß, dass Hanna lügt. Und ich will doch so gerne, dass Mama Hanna mag.

Hanna sieht klein aus an unserem Tisch. Nur ihr Blick ist nicht klein. Ihr Blick, der sagt: So egal. Wenn Hanna wenigstens ein bisschen essen würde. Aber sie fährt nur mit der Gabel durchs Essen. Hin und her. Mamas Blick im Schlepptau. Als Mama fragt, ob ich Nachschlag will, greife ich zu. Weil ich finde, dass Hanna und ich nur ein Recht haben hier zu zweit zu sitzen, wenn wir auch für zwei essen.

Später gibt Mama uns Geld für eine gemischte Tüte. Auf dem Weg zur Bude stimmt etwas mit meinen Stiefeln nicht. Sie wollen nicht mehr hüpfen.

Hanna bestellt weiße Mäuse, obwohl ich lieber Frösche gehabt hätte. Sie hält mir die Tüte hin. Meine Hand greift widerwillig zu. Wir laufen den Bürgersteig entlang und mein Herz hüpft nicht. Seit Hanna bei uns am Tisch saß, ist sie geschrumpft.

„Wieso machst du das?“, frage ich, als Hanna die restlichen Mäuse in den Müll wirft.

„Mach ich immer so“, nuschelt Hanna mit der Maus im Mund.

Eine Wut ist in mir, weil Mama uns Geld gegeben hat, und Hanna die Tüte einfach wegschmeißt. Weil Mama Lasagne gemacht hat, und Hanna bloß Bahnen mit der Gabel durch Nudeln, Hackfleisch, Käse gezogen hat. Weil ich wollte, dass Mama Hanna mag. Weil ich es doch so gerne wollte.

Du bist bescheuert, will ich schreien. Aber mit der Maus im Mund geht Schreien nicht gut. Die Maus erschreckt sich und springt mit einem Satz auf den Bordstein. Hanna lacht. Ein heiseres Lachen, das sich mit Hanna gegen mich verschworen hat. Gegen Mama und mich. Da holt mein einer Stiefel aus und tritt Hanna vors Schienbein. Hanna schreit. Tut mir leid, will ich sagen. Aber die Stiefel ergreifen die Flucht. Weil sie das Gegenteil von Hanna sind.

„Wo ist Hanna?", fragt Mama.

Ich zucke mit den Schultern. „Hausaufgaben."

„Ihr T-Shirt", höre ich Mama abends zu Papa sagen, weil die Wohnzimmertür nur angelehnt ist. „Macht kaputt, was euch kaputtmacht. Du hättest sie sehen sollen. Alles an ihr hat gesagt, dass sie vor allem sich selbst kaputtmachen will."

Ich höre Mamas Worte, aber verstehe sie nicht. Warum sollte Hanna sich kaputtmachen? Hanna, die keine Angst hat. Hanna, die meine einzige, meine beste Freundin ist.

Am nächsten Tag kaufe ich auf dem Schulweg eine Tüte Viola. Ich weiß, wie gern Hanna die Glasur von den Veilchenpastillen lutscht. Aber in der großen Pause steht sie nicht an der Schulhofmauer. Stattdessen kommen meine Lehrerin und eine Frau zu mir. „Das ist die Schulpsychologin", erklärt die Lehrerin.

„Du fragst dich sicher, wo Hanna ist", sagt die Schulpsychologin. Und dann sagt sie Sachen, die ich nicht kapiere. Plötzlicher Herzstillstand. Nicht ungewöhnlich bei einer Anorexia Nervosa. Sie redet über Mädchen, die nicht essen. Und Mädchen, die viel essen und alles wieder auskotzen. Und Mädchen, die daran sterben. Ich kann die ganze Zeit nur an Hanna denken, die sehr wohl ungewöhnlich ist. Und an Brauseherzen, die sich auf der Zunge auflösen.

Matthias Reuter

Zwei Gauleuse und Bilder mit Mäuse

Es gibt ja Schulen, an denen sind Panini-Sammelbilder seit der Europameisterschaft 2016 verboten. Und zwar mit der Begründung, dass sich die Schüler ansonsten zu sehr deswegen streiten würden. Oft sind das übrigens dieselben Schulen, in denen im Lehrerzimmer bis zu dreißig Senseo-Kaffeemaschinen mit Namensschildchen nebeneinander stehen, weil sich die Lehrer auch zusammen mit einem Mediator nicht auf eine gemeinsame Kaffeemaschinenanschaffung einigen konnten. Aber das nur nebenbei. Meine Hoffnung ist ja ohnehin, dass diese Panini-Prohibition letzten Endes so wirkt wie es Wolf Biermann einmal besungen hat, nämlich „Was verboten ist, das macht uns gerade scharf", dass also der heimliche Handel mit den verbotenen Fotografien von Mesut Özil oder Thomas Müller jetzt erst recht floriert und die Kinder noch mehr tauschen. Wenn der Unterricht nix taugt, muss man sich eben eine vernünftige Beschäftigung suchen. So war das schon immer. Zwei Götze für einen Boateng. Da kann man ja auch was bei lernen. Das sind Umrechnungskurse wie früher beim Euro. Apropos Geld. An einer Grundschule in Esslingen hat man die Sammelalben jetzt abgeschafft, weil ein Schüler einem anderen 50 Euro für ein fehlendes Spielerbild gezahlt hat. Wahrscheinlich für Mats Hummels. Der wechselt gerade für 35 Millionen zum FC Bayern München. Das scheint mir genauso sinnvoll, ist aber noch teurer. So gesehen hat dieses 50-Euro-Kapitalisten-Kind eine wirklich strahlende Zukunft vor sich: z.B. als Sportvorstand beim FC Bayern. Warum nicht? Oft ist es ja auch gar nicht so sehr die Frage, wie viel man ausgibt, sondern ob man ein paar naive Geldgeber findet, die einen unterstützen. Und wer es schon in der Grundschule schafft, Oma und Opa die 50 Euro für ein einziges Panini-Bild aus dem Portemonnaie zu betteln, der hat dann mit Anfang zwanzig meist schon seine eigene Frozen-Müsli-Joghurt-Internetfirma per Crowdfunding finanziert und wechselt in die Politik. Und wenn nicht, dann hat er zumindest das Panini-Sammelalbum EM 2016 komplett voll. Und das ist ja auch schon mal was.

Bei mir waren es übrigens keine Fußballbilder, sondern Basil, der Mäusedetektiv. Das war 1986 ein neuer Walt Disney-Film. Ich selbst bin von 1976, war also zehn Jahre alt. Und ich ging zur Bude, um Basil-Bilder zu kriegen und Zigaretten zu holen. Das gab es damals noch. Aber zu der Zeit waren Panini-Bilder ja auch noch nicht verboten. Da durfte man auch noch rauchen. Die meisten Kinder hatten 1986 allerdings Fußballbilder von der WM in Mexico. Darum waren Mäusedetektiv-Bilder nur sehr schwer zu tauschen. Und selbst wenn ich meine Doppelten einmal gegen eine obere linke Gesichtshälfte von Klaus Augenthaler eintauschen konnte, war es sehr kompliziert, diese irgendwie passend an die Mäuse dranzukleben. Also musste ich mir die Bilder halt kaufen.

Der Budenmann war dabei klar im Vorteil. Er war sozusagen in einer paninitechnischen Monopolposition. In unserer Gegend bekam ich nur bei ihm Basil-Bilder-Nachschub. Wahrscheinlich war ihm das nicht einmal bewusst, aber für mich war's ein Problem, denn immer, wenn er mich von weitem sah, rief er: „Na, zwei Gauleuse und Bilder mit Mäuse?“ Und das machte mich wahnsinnig. Nicht nur der bescheuerte selbsterfundene Reim, sondern vor allen Dingen auch die falsche Aussprache der Gauloises-Zigaretten. Wie die auf Französisch richtig hießen, wusste ich nämlich ganz genau. Ich war 1986 ein sehr intelligentes Kind. Jedenfalls war ich davon fest überzeugt. Ich hatte gute Noten in der Schule und darauf bildete ich mir ein bisschen was ein. Das war zwar nicht meine sympathischste Eigenschaft, aber ich war ja auch schlecht in Sport. Da muss man das verstehen. Wer nicht weit genug springen kann, dem bleibt halt nichts anderes übrig, als sich über eine Eins in Deutsch zu freuen. Kurz gesagt, ich war ein Klugscheißerkind. Ein kleiner Justus Jonas mit Paninialbum. Und dem Duden im Tornister. „Zwei Gauleuse und Bilder mit Mäuse“ – das regte mich auf. Daran stimmte überhaupt nix. Weder die Gauleuse noch die Grammatik bei die Mäuse. Und er wiederholte es jedes Mal. Mich hatte das schon beim vorherigen Panini-Album gestört, als er immer „Muppets“ gesagt hatte, mit einem „u“ wie in Suppe. Mappet Show – so musste man das aussprechen. Das wusste ich schon mit sieben. Aber das war dem Budenmann völlig egal. „Na, hasse immer noch nich alle Muuppets? Die meisten sammeln jetzt auch SchtahWahs. Kennze nich, wa?“ Kannte ich wohl. Inklusive englischer Aussprache. Aber ich bekam erstmal kein neues Album. Weil das Muppetalbum noch nicht voll war. Weil mir der Budenmann immer nur doppelte Miss Piggies verkaufte. Mein Groll gegen ihn wurde ständig größer. Zunächst hatte er ja wenigstens nur „Gauleuse“ gesagt. Bis ich ihm eines Tages erklärt hatte, dass das französisch ist und „Gauloises“ heißt. An diesem Tag hatte er den Reim erfunden. Und seitdem sagte er ihn jedes Mal auf, wenn ich kam: „Zwei Gauleuse und Bilder mit Mäuse“. Ich grummelte dann immer etwas Abschätziges zurück wie: „Grrhmmhmm.“ Aber er war bestens gelaunt. „Ich kann dich nicht verstehen“, flötete er. „Heute keine Gauleuse? Oder keine Mäuse? Haste etwa auch mit SchtahWahs angefangen? Wat is eigentlich mit deinem Muuppetalbum – is dat endlich ma voll?“ Da platzte ich! „Hören Sie mal“, fauchte ich von unten in die Budenluke hinein. „Ich bin jetzt zehn Jahre alt. Und Sie sind wahrscheinlich sechzig oder so. Da ist es ja klar, dass ich mehr weiß als Sie. Weil Sie noch keine allgemeine Schulpflicht kannten. Und dafür habe ich auch Verständnis. Aber mal ganz ehrlich – Gauleuse – was soll das denn sein? Oder SchtahWahs. Oder Muuppets? Ich komme hier jeden zweiten Tag hin. Und jedes Mal sagen Sie diesen grauenhaften Reim auf – „zwei Gauleuse und Bilder mit Mäuse“. Das ist doch nicht zu fassen. Sowas wird ja auch nicht lustiger durch die Wiederholung. Außerdem ist es grammatikalisch und inhaltlich problematisch. Ich habe mittlerweile bestimmt über 200 Mark für Zigaretten und Panini-Bilder bei Ihnen ausgegeben. Ich finde, da habe ich als Käufer auch ein gewisses Mitspracherecht. Darum möchte ich Sie hiermit darum bitten, diesen Reim beim nächsten Mal wegzulassen und Muppets, Star Wars und die Zigarettenmarke Gauloises endlich korrekt auszusprechen. Vielen Dank. Und jetzt hätte ich gerne zwei Schachteln blaue Gauloises Blondes und vier Tütchen Basil-der-Mäusedetektiv-Bilder. Bitte." Mit größtmöglicher Herablassung guckte ich von unten hoch zum Budenmann.

„Sowas habe ich hier nicht", sagte der und zündete sich eine Zigarette an.

„Hier gibt's nur Gauleuse und Bilder mit Mäuse."

Ich schluckte. „Ist das Ihr letztes Wort?", fragte ich.

Er lächelte. „Ja. Es sei denn, du möchtest vielleicht noch ein paar SchtahWahs-Bilder mitnehmen. Oder Muuuppets. Ich glaub, ich hab davon noch ne ganze Kiste übrig."

Ich blieb stur. „Also gut. Dann werde ich mir jetzt einen anderen Händler suchen."

Er lachte. Bis zur nächsten Bude waren es knapp drei Kilometer. Da lief ich hin und kaufte zwei Packungen Gauloises. Der Besitzer hatte tatsächlich nur WM 1986-Paninis und fragte mich, ob ich anstelle der Mäusedetektivbilder eine Mädchenwundertüte wolle. Ich lehnte dankend ab. Als ich nach vierzig Minuten wieder nach Hause kam, hatten meine Eltern schon das Auto aus der Garage geholt, um mich in der Stadt zu suchen. „Wo bist du denn gewesen?"

„Ich hatte einen grammatikalisch-sprachlichen Konflikt mit dem Budenbesitzer."

Meine Eltern sahen sich an und schüttelten den Kopf. Das machten sie in letzter Zeit immer häufiger. Mein kleiner Bruder interessierte sich für Fußball. Das beruhigte sie ein bisschen. Ich ging hoch in mein Zimmer und guckte ins Mäusedetektiv-Album. Mir fehlten insgesamt nur noch vier Bilder. Eine vertrackte Situation: Einerseits war ich ein Kämpfer für die Bildung, und so wie ich das sah, auch fast der einzige in unserer Gegend – zumindest an dieser Bude. Hier ging es um richtig oder falsch. Duden oder Didi Hallervorden. „Juhu. Die Wanne is voll – komm jump hinein and sen sei mein." Sollte es soweit kommen?

Auf der anderen Seite fehlten mir bloß noch vier Basil-der-Mäusedetektiv-Bilder. Und der Budenmann hatte noch eine ganze Kiste Muppet-Paninis gefunden. Und davon fehlten mir auch nur noch zwei. Vielleicht war hier auch mal eine ganz neue Denkrichtung gefragt: Sollte man sich als gebildeter Mensch denn ewig abschotten? Sollte man sich nicht auch ein bisschen ans Volk annähern und die Sprache der einfachen Menschen lernen? War nicht auch Sokrates auf den Marktplatz gegangen, um dort mit den Leuten zu reden? Ich blickte auf die vier leeren Felder im Mäuse-Album. Dann nahm ich mein Taschengeld und ging zur Bude.

„Ah, der kleine Franzose", sagte der Budenmann. „Krossongs sind leider aus."

Ich ignorierte diese überflüssige Spitze. „Guter Mann", verhandelte ich sachlich, „ich glaube, wir können es gemeinsam schaffen, unsere umfangreichen Bildungsunterschiede zu überwinden. Ich komme Ihnen etwas entgegen. Sie kommen mir etwas entgegen. Und dann können wir wieder mit dem Handel beginnen und unseren kleinen Konflikt beilegen. Was sagen Sie?"

Er grinste. „Möchtest wohl Gauleuse und Bilder mit Mäuse, wa?"

Ich beherrschte mich heldenhaft.

„Nur die Bilder mit Mäusen, bitte – fünf Päckchen."

Er gab sie mir. Ich zahlte. Dann sagte ich leise „Tschüss" und ging.

„Ey! Warte ma, Franzose!", rief er mir hinterher. „Ich hab noch wat für dich."

Er gab mir eine komplette Schachtel mit Muppet-Bildern. „Die Dinger brauch ich eh nicht mehr. Alle normalen Kinder wollen WM '86. Und zurückschicken kann ich die auch nich … also – vielleicht krisse so deine Muuppets endlich ma voll." Er sprach Muppets wieder mit u aus, wie in schnuppe oder Tupper, was auch falsch, aber in diesem Moment auch komplett egal war. Denn ich war begeistert. „Echt?", stammelte ich. Ich konnte mein Glück gar nicht richtig formulieren. Mir fehlten komplett die Worte. „Super! Äh ... äh ... vielen Dank!" Und dann rannte ich nach Hause, um die Päckchen aufzumachen. Das Album habe ich an diesem Tag tatsächlich vollgekriegt. Beim Mäusedetektiv fehlten mir letzten Endes noch zwei Bildchen, war aber nicht so schlimm.

Und unsere Gegend hatte dieser Tag rein bildungstechnisch kein bisschen verändert. Aber menschlich hatte ich vom Budenmann doch irgendwie was gelernt. Aber was – das fiel mir selbst erst Jahre später auf.

Stefan Robok

Anne Bude, oder: Das Leben stinkt

Wie an jedem Wochentag stand sie kurz vor Sieben Uhr, den Schlüssel in der Hand, hinter dem niedrigen Gebäude. Nur am Samstag gönnte sie sich eine Stunde mehr. Sie hatte erst lernen müssen, diese Zeit wirklich für Schlaf zu nutzen. Lautlos steckte sie den Schlüssel in die dafür vorgesehene Öffnung und drehte ihn um. Nun ließ sich die schwere Tür öffnen. Drinnen war es noch dunkler als auf den morgendlichen Straßen. Ein leises, kaum wahrnehmbares Ticken drang an ihr Ohr. Sie hatte 45 Sekunden Zeit. Das Telefon hielt sie bereits in der Hand. Mit dem Daumen der rechten Hand aktivierte sie die Sicherheitsapp. Ein Eingabefeld erschien und sie tippte den sechsstelligen Code ein. Das Display leuchtete grün auf und aus dem Ticken wurde ein Summen, das nach fünfzehn Sekunden verstummte. Zuerst hatte sie sich geärgert und war der festen Überzeugung gewesen, dass der Mann, von dem sie sich das System hatte aufschwatzen lassen, sie über den Tisch gezogen hatte. Doch seit sie das Sicherheitssystem, das eher auf Abschreckung setzte, als dass es irgendetwas verhinderte, hatte installieren lassen, war nur ein Mal versucht worden einzubrechen. Die Investition hatte sich gelohnt, keine Frage.

Mit einem Seufzen schaltete sie das Licht ein. Mit jeweils einem Pling sprangen die drei Neonleuchten an. Sie legte ihre Jacke und ihre Tasche ab und erledigte das, was jeden Morgen auf sie wartete. Kaffeemaschine anschalten, die frischen Brötchen neben die Kochplatte legen, Wasser aufsetzen und es für die Würstchen erwärmen. Dann ging sie noch einmal durch die Tür nach hinten und holte den Stapel mit den neuen Zeitungen und Zeitschriften herein, öffnete ihn und verteilte alles vor dem Fenster, durch das sie die Menschen bediente. Sie überprüfte den Kassenstand und zählte das Geld. Beides stimmte überein. Akribisch übertrug sie die Zahlen in das Kassenbuch. Noch akzeptierte das Finanzamt das. Aber auch hier würde sie bald elektronisch aufrüsten müssen, das war klar. Schließlich betätigte sie den schwarzen Knopf an dem kleinen Kasten, der links an der Wand angebracht war. Zunächst hob sich ratternd das Metallgitter, dann fuhr, weit weniger geräuschvoll, der Rollladen nach oben. Zuletzt schaltete sie die Beleuchtung ein. Von außen konnte man in gelb-roter Schrift lesen: Anne Bude.

Die Ersten waren, wie an jedem Wochentag, die Kleinen der nahen Grundschule. Natürlich hatten deren Erzeuger ihnen gesunde Sachen mitgegeben, aber Kinder blieben Kinder, Helikoptereltern hin, veganer Brotaufstrich her. Es dauerte nicht lange, bis der erste Junge erschien. Rote Pausbacken, eine Baseballkappe verkehrt auf dem Kopf und einen Lolli im Mund. Er grinste nur und sie steckte die Gummibärchen, das Esspapier und zwei Lakritzschnecken in eine Tüte. Das war sein Standardpaket. Geld wechselte den Besitzer. Der Junge sagte nie etwas, doch stets grinste er, dass seine Mundwinkel fast die Ohren berührten. Sie entließ ihn mit einem Nicken. Seinen Namen kannte sie nicht, woher auch.

Mehr Kinder tauchten auf, zumeist in Gruppen zu zwei oder drei Knirpsen. Sie schwatzten fröhlich miteinander. Die Frau, die sie bediente, beachteten die meisten kaum. Ihre Aufmerksamkeit galt ihren Freunden oder dem, was sie erhielten. Cola und Fanta in Dosen, Brausebonbons, Fußballbilder, Gummiwürmer, manchmal ein buntes Heftchen oder ein Lustiges Taschenbuch. Doch die meisten gaben nie mehr als 50 Cent aus. Natürlich musste Anne Bude – wie alles – mit ihren Smartphones konkurrieren und manche hoben kaum den Kopf, ganz wie die Erwachsenen, doch nichts was sie hier kauften, konnte ihnen die Onlinewelt bieten. Und vor allem: Im Gegensatz zu ihren Aktivitäten im WorldWideWeb konnten ihre Eltern kaum nachvollziehen, was ihre Sprösslinge sich hier alles gönnten.

Der Strom der Schulpflichtigen riss ab. Die Erwachsenen kamen. Die ersten Becher Kaffee gingen über die Theke, meist zusammen mit einer Zeitung, die mit den vier Buchstaben. Zuerst hatte sie sich geweigert, sie anzubieten. Aber die Leute wollten sie, riefen nach ihr, wie ein Verdurstender nach Wasser und schließlich lebte sie von dem Geschäft. Es war nicht ihre Aufgabe, die Menschen zu erziehen, oder – noch schlimmer – klüger zu machen. Die Kunden bekamen, was sie wollten und sie strich das Geld ein. Danke, bis Morgen. Es war Donnerstag. Ein in der Nähe wohnender Student erschien und holte die „Zeit" ab. Manchmal unterhielten sie sich ein wenig. Er mochte es, seine Lektüre bei einem kleinen Krauter zu kaufen. Studierte Germanistik und Philosophie. Sie dachte nur „Arme Sau", sagte jedoch nie etwas. Er würde schon noch früh genug einen Arschtritt bekommen.

Ab Mittag wurde es Zeit für die Stammkunden. Natürlich hatte sie viele Stammkunden, Menschen, für die der Gang zu Anne Bude zu ihrem Leben gehörte, wie das Laudes zum Mönchsleben, nur halt einiges später. Da waren Lulatsch und Keule. Die beiden arbeiteten wohl irgendwo in der Umgebung, denn sie kamen jeden Tag pünktlich um 12 Uhr 15 und manchmal plapperten sie auch von der Mittagpause. Sie konnte sich vorstellen, warum der eine Lulatsch genannt wurde, auch wenn er mittlerweile fast ebenso breit wie lang war. Der andere war klein, hatte dichte Augenbrauen, einen verschlagenen Blick und seine linke Schulter hing tiefer als die rechte. Sie konnte sich kein Szenario vorstellen, in dem er den Spitznamen bekommen hatte. Keule bestellte, wie üblich. Zwei Kannen und drei belegte Brötchen. Die beiden teilten sich das letzte Brötchen nicht. Einer von ihnen aß immer zwei und es war nicht vorherzusehen wer. Mehrfach prosteten sie sich mit den Bierflaschen zu. Dabei saßen sie auf einer Bank auf der anderen Straßenseite vor einer großen Plakatwand. Im Augenblick wurde dort mit einer halbnackten jungen Frau Unterwäsche beworben. Beinahe hätte sie laut losgelacht. Lulatsch und Keule wollten so gar nicht zu der beabsichtigten erotisierenden Wirkung passen. Schließlich kamen sie zurück, gaben die Flaschen ab und verschwanden wieder. Fünfzehn Minuten, wie jeden Wochentag.

Dann kam die Stumme. Sie erschien ein Mal in der Woche und kaufte Blumendünger. Sie sagte kein Wort, bezahlte anstandslos den hohen Preis, verschwand dann in Richtung Grundschule. Hinter der erhob sich eine Kirche in den Himmel und nicht weit von der Kirche entfernt lag der Friedhof.

Am frühen Nachmittag erschien eine Frau mittleren Alters. Sie arbeitete in einem nahen Architekturbüro, so viel war sicher. Ihre Lippen waren grell geschminkt und ihre Hände zitterten unmerklich. Stets kaufte sie ein Päckchen Zigaretten. Das andere war aufgeraucht. Sie bezahlte mit fahrigen Bewegungen und holte dabei bereits den ersten Glimmstängel hervor. Mit einem zufriedenen Seufzen zündete sie ihn an und verschwand grußlos.

Und dann erschien Gertrud. Gertrud war hundertzwanzig Jahre alt. Zumindest sah sie so aus. Die Haare waren weiß, die Haut faltig und dicke Tränensäcke hingen unter ihren Augen. Gertrud kam zweimal in der Woche, mindestens. Dabei erzählte sie von ihrem Leben. Am liebsten berichtete sie von ihren Enkelkindern. Drei waren es. Ihr Alter variierte. Mal kamen sie in den Kindergarten, dann wieder standen sie kurz vor dem Abitur. Sie waren furchtbar und die liebsten Kinder, die man sich vorstellen konnte. Ob es sie wirklich gab oder Gertrud nur Vergangenheit und Gegenwart durcheinanderbrachte, war nicht klar. Aber das spielte auch keine Rolle. Gertrud war einsam. Viele ihrer Freunde waren bereits tot (an deren Krankheiten und Todestage erinnerte sie sich erstaunlicherweise genau). Manchmal gab sie viel Geld aus, an anderen kaufte sie gar nichts. Anne Bude war das letzte Abenteuer in ihrem Leben.

Am frühen Abend kamen die mit einer festen Anstellung vorbei. Aber die Zeiten waren härter geworden, ebenso wie die alkoholischen Getränke, nach denen sie fragten.

Gegen 21 Uhr schloss sie, ließ Rollladen und Metallgitter herab. Sorgfältig zählte sie ihre Einnahmen. Es war kein guter, aber auch kein schlechter Tag gewesen. Davon ließ sich leben, mehr aber auch nicht. Früher hatte sie an dieser Stelle geseufzt, doch das hatte sie sich schon lange abgewöhnt. Die nicht verkauften Zeitungen und Zeitschriften schob sie nach draußen hinter das niedrige Gebäude unter das Vordach. Der Lieferant würde sie wieder mitnehmen. Sie räumte auf. Dann aktivierte sie über ihr Telefon das Sicherheitssystem und verschloss die Tür von außen. Die App meldete: Watchguard online! Es war unangenehm kalt geworden. Sie zog die Kapuze ihrer Regenjacke über den Kopf und machte sich auf den Heimweg. Dabei fragte sie sich wie so oft, was andere Menschen jetzt wohl taten. Ihr monatliches Amüsementpaket hatte sie mit einem Kinobesuch und einem Abendessen in einem Restaurant mit ihrer Mutter bereits ausgeschöpft. Also nach Hause.

In ihrer kleinen Eineinhalbzimmerwohnung angekommen, hängte sie ihre Jacke auf und schleuderte die Schuhe in die Ecke. Sie setzte sich sofort vor den Fernseher. Als Abendessen gab es zwei belegte Brötchen, die sie nicht hatte verkaufen können, deren Konsistenz sich Gummi näherte. Das Programm dehnte sich ähnlich. Also beschloss sie, gleich ins Bett zu gehen. Zuvor ging sie noch einmal in die Küche und schaute auf den

Tisch. Dort lagen die Briefe, Rechnungen zumeist. Vor der zweiten Mahnung öffnete sie diese gar nicht erst. Vielleicht wussten ihre Lieferanten das – sie zahlte eben regelmäßig spät, aber sie zahlte – und darum stand auch der richtige Name auf dem Adressaufkleber: Bude. Sie duschte noch, weil sie morgen früh nicht dazu kommen würde, dann ging sie schlafen. Sie drehte sich auf die Seite und dachte das, was sie jeden Abend dachte: Germanistik mit dem Schwerpunkt mittelalterliche Literatur und Philosophie hatte sie studiert, das Studium mit Auszeichnung bestanden. Was hatte sie sich nur dabei gedacht? „Das Leben stinkt!“, dachte Anne, bevor sie einschlief.

Rüdiger Schulte

Schwatter Stern

Meine Bettelei bei Oma war erfolglos, erst in drei Tagen kann sie sich ihre Witwenrente für August von der Post abholen. Mit sehnsüchtigen Augen und fünf Pfennigen in der Hosentasche stehe ich vor der Seltersbude am Ende meiner Straße. Hinter den halb blinden Seitenfenstern stehen die Knickerwasserflaschen, die mit der Glaskugel als Verschluss, gefüllt mit grüner Waldmeisterbrause. Daneben Glasbehälter mit Bonbons und Pastillen in vielen Geschmacksrichtungen. Am liebsten mag ich die Knöterich- und die Salmiakpastillen.

Mit fünf Pfennigen sind all diese Leckerbissen für mich unerreichbar. Oma als Taschengeldquelle fällt ja einige Tage aus, vielleicht habe ich heute Abend mehr Glück. Manchmal muss ich für meinen Papa noch ein paar Flaschen Bier von der Seltersbude holen. Dann bleibt von dem Wechselgeld auch für mich noch etwas über.

Fünf Pfennige, das reicht noch nicht einmal für ein paar Salmis, das sind diese viereckigen Salmiakpastillen, die man mit ein bisschen Spucke auf die Handoberfläche klebt. Damit kann man schöne Muster und Figuren formen, die man langsam wieder ableckt, das schmeckt richtig gut. Die einfachste Figur ist der schwarze Stern. Mein bester Freund Walter kann mit den Salmiakpastillen die schönsten Figuren auf den Handrücken kleben. Das ist eins der Lieblingsspiele der Jungs aus unserer Gegend. Ab und zu lassen wir auch die Mädchen, die Schicksen mitspielen, manchmal, nicht immer.

Das Fenster der Seltersbude steht weit offen. Emsiges Geklapper verrät, dass Gegenstände hin und her bewegt werden. In knapp einer halben Stunde ist Schichtwechsel auf der Zeche Wilhelmine Victoria. Dann strömen Hunderte durstige Kumpel aus dem nur 100 Meter entfernten Zechentor. Ein Großteil davon wird direkt die Seltersbude von Walburga Szepan ansteuern, denn heute ist auch noch Zahltag. Vorsorglich hat Walburga schon mal sechs Reihen Taschenflaschen des bekannten „Bergers Grubenkorn", der Flachmann zu 85 Pfennig, bereitgestellt. Das müsste für den ersten Ansturm reichen. Heute herrscht Hochbetrieb, in der Lohnhalle der Zeche und an der Seltersbude.

Die Seltersbude der alten Szepan mit der abblätternden grünen Farbe und der geflickten Dachpappe ist der Treffpunkt der Kinder aus unserer Straße. Eine Welt, wie sie sich in den 50er-Jahren Kindern im Ruhrgebiet bietet. Wir spielen in Ruinen und auf der Halde der Zeche Wilhelmine. Sobald wir ein paar Pfennige zusammenhaben, geht es zur Bude von Walburga Szepan. Dort warten all die Köstlichkeiten, von denen man als Zwölfjähriger träumt.

Die alte Szepan muss wohl bemerkt haben, dass ich heute kein Geld für Süßigkeiten habe. Wenn sie bei guter Laune ist, schlägt ihr weiches Herz durch. Heute ist sie bei guter Laune, heute ist Zahltag auf der Zeche und sie hat schon viel „Bergers Grubenkorn" verkauft. Sie gibt mir eine Glasflasche, halb gefüllt mit Leitungswasser. Dazu schenkt sie mir einige Bruchstücke ihrer Lakritzstangen. Ab mit dem Lakritz in die Flasche,

Daumen auf die Öffnung und solange kräftig schütteln, bis sich der Lakritz aufgelöst hat. „Schäumchen ziehen" nennen wir das. Es bildet sich ein braunes trübes Gesöff mit viel Schaum drauf. Das schmeckt nicht ganz so gut wie die Waldmeisterbrause aus der Knickerflasche oder die Salmifiguren, aber es ist umsonst.

Ich bin gerade mit meinem geschenkten Lakritzwasser und dem „Schäumchen ziehen" beschäftigt, als mein bester Freund Walter um die Ecke kommt. Walter grinst, er war wohl in Sachen Taschengeld erfolgreicher als ich. Er kauft bei der alten Szepan für zwanzig Pfennig eine Großportion Salmis. Die füllt die Pastillen in eine ihrer braunen Papiertüten ab.

Mein Freund Walter hat sich einige neue Figuren mit den Salmis ausgedacht. Die will er mir unbedingt zeigen. Anschließend sitzen wir an einem mit Wasser gefüllten Bombentrichter, ärgern die Frösche und lecken die Figuren auf der Hand wieder ab.

Das Leben ist wunderschön, 1954 direkt neben der Zeche Wilhelmine Victoria. Man kann hier spielen, bald sind wieder Herbstferien. Für alles, was Zwölfjährige so brauchen, gibt es die Seltersbude der alten Szepan. Man hat gute Freunde und die Figuren aus den Salmis schmecken.

Auf der Fahrt zum Friedhof habe ich mir eine Tüte Salmis gekauft. Nicht bei der alten Szepan. Ihre Bude gibt es seit fast 60 Jahren nicht mehr. An der Stelle verläuft jetzt eine vierspurige Straße. Die Zeche Wilhelmine wurde schon 1960 geschlossen. Das Fördergerüst steht in einem Industriemuseum. Im einzigen nicht abgerissenen Gebäude befindet sich heute die Veranstaltungshalle „Die Kaue“.

Ich habe die Salmis bei REWE gekauft. 150 Gramm zu 99 Cent, abgepackt in einer Plastiktüte. Sie sehen aus wie früher und schmecken auch so, bilde ich mir wenigstens ein.

Vor der Trauerfeier habe ich mir auf dem linken Handrücken aus den Salmis mit Spucke einen „schwatten Stern“ geklebt. Klappt wie vor 60 Jahren, Walter hätte ihn mit Sicherheit schöner hinbekommen.

Als ich am offenen Grab stehe, verzichte ich auf die übliche Schaufel mit Erde. Ich werfe meine Tüte mit den Salmis auf den Sarg.

Walter soll damit neue Bilder und Formen entwerfen, Zeit genug hat er ja jetzt.

Ullrich Spiegelberg

Bude verzaubert

Bude in – Bude out
Bude hier – Bude da

Heute hier – morgen dort
war unterwegs – weiter fort
wo Bude Trinkhalle oder Kiosk heißt

fragte nach Klümpkes
zwei Pfennig das Stück
hatte kein Glück

Klara von Annen

Frau Münchdorfs Nachlass

Pastor Leinfelder saß vor einem Berg Aktenordner und blätterte mit wachsendem Erstaunen diverse Papiere durch. Bis vor wenigen Stunden noch war er der festen Überzeugung gewesen, ihn könne nichts mehr überraschen. Als Pastor hatte er schon die ganze Bandbreite menschlicher Tugenden und Abgründe hautnah miterlebt. Achtsam hütete er die Schäfchen seiner Gemeinde, und die Mitgliedschaft im hiesigen Schützenverein sowie im Harley-Davidson-Club kennzeichnete seine Weltoffenheit.

Er hätte Stein und Bein geschworen, dass er ein guter Menschenkenner war und ihn nicht mehr viel überraschen konnte.

Nun hatte man ihm den Nachlass von Frau Münchdorf übergeben. Er kannte sie schon seit seiner frühen Kindheit, denn Frau Münchdorf betrieb seit gefühlten 100 Jahren den Kiosk am Kirchplatz. Sowohl sein Weg zum Kindergarten, als auch der zur Schule – eigentlich alle Wege – führten unausweichlich an Frau Münchdorfs Bude vorbei. Sie war stadtbekannt für ihre bunten Tüten sowie ihre abenteuerliche Kleidung. Gespräche beendete sie fast immer mit einer Floskel: „Ja, ja! Man kann die Leute auch nur vorm Kopp gucken, woll?“ oder „Nix is, wie‘s scheint, sach ich immer.“

Ihr bisweilen ruppiger Ton konnte nicht darüber hinwegtäuschen, dass sie hilfsbereit war und ein gutes Herz hatte. Wer zu ihr kam und reden wollte, fand immer ein offenes Ohr. In den wenigen Gesprächen, die er als Pastor mit ihr geführt hatte, kam sie ihm allerdings ein bisschen einfältig vor. Sie hatte keine Angehörigen mehr und war vor wenigen Tagen im Alter von 92 Jahren vor ihren Schöpfer getreten.

Frau Münchdorf hatte keinen Vornamen, zumindest bis heute. Erst durch die Papiere, die vor ihm lagen, erfuhr er, dass sie Maria Agnes Elisabeth Münchdorf, geborene Grünbaum geheißen hatte.

Nun saß er da und las fasziniert ihre Aufzeichnungen und Dokumente. Eine Seite erregte seine Aufmerksamkeit ganz besonders. Er schüttelte ungläubig den Kopf während er las, legte anschließend das Blatt zur Seite und ließ im Geiste seine Erinnerungen Revue passieren. Einige längst vergessene Bilder aus der Kindheit bahnten sich langsam den Weg in sein Bewusstsein.

Er war sieben und hatte auf dem Weg zur Schule ein Markstück aufgehoben. Eine elegant gekleidete Dame, die etwa 20 Meter vor ihm ging, hatte es unbemerkt verloren. Die Münze lag im Rinnstein, wo sie verführerisch glänzte und in der Sonne blinkte. Schnell hatte er sich gebückt und sie mit klopfendem Herzen in seiner Hosentasche verschwinden lassen.

Ja! Er hätte die Dame ansprechen sollen. Hätte ihr sagen sollen, dass sie die Münze verloren hatte. Ja! Er hatte es nicht getan und war mit einem furchtbar schlechten Gewissen zur Schule gegangen. Ja! Er hatte etwas Unrechtes getan.

Und ja! Es war ein neues, vor allem aufregendes Gefühl. Er hatte sich vorgenommen, Gott abends beim Nachtgebet zu erklären, dass er einfach nicht anders gekonnt hatte. Immerhin hatte er, Gott, ja auch nicht verhindert, dass die Mark verloren gegangen war. Er wollte den Allmächtigen um Vergebung bitten und irgendetwas ganz besonders Gutes tun, um seine Sünde wieder reinzuwaschen.

Pastor Leinfelder seufzte. Die Erinnerung daran war auch über 40 Jahre später noch sehr lebendig.

Er hatte damals in der Schule gesessen und immer wieder in seiner Hosentasche nachgefühlt, ob die Münze noch da war. Er war aufgeregt. Seine Gedanken kreisten nicht um die Aufgaben, die Fräulein Schramm, in die er damals sehr verliebt war, an die Tafel schrieb, sondern er malte sich aus, was man alles für eine Mark bei Frau Münchdorf kaufen konnte. Es war das einzige Mal, dass ihm Frau Münchdorf attraktiver erschien als Fräulein Schramm. Er konnte das Unterrichtsende kaum erwarten.

Schließlich war es so weit. Die Schule war aus. Er rannte zur Bude, riss die Tür auf und hoffte inständig, dass Frau Münchdorf ihn nicht fragen würde, woher er soviel Geld für Süßigkeiten hatte.

Sie kam, wie immer einen Hauch Zigarettenmief hinter sich herziehend, durch einen Kettenvorhang aus einem mysteriösen Zimmer hinter dem Verkaufsraum. Niemand wusste, was sich dort verbarg. Böse Stimmen unkten noch Jahre später, dass Frau Münchdorf dort möglicherweise schwarze Messen zelebrierte. Eine erschreckend hässliche lindgrüne Kittelbluse, mit vielen zusätzlich aufgenähten Taschen, spannte sich wie ein umgestülpter Sack über ihren imposanten Oberkörper.

Zwei dünne, nylonbestrumpfte Beinchen lugten aus dem Stoff hervor und mündeten, sommers wie winters, in braune Gesundheitssandalen. Auf dem Kopf trug sie ein Handtuch, das sie kunstvoll zu einer Art Turban gewickelt hatte, jedes Mal in einer anderen Farbe. Niemand hatte je ihre Haare gesehen. Man konnte fast annehmen, dass Frau Münchdorf recht uneitel war, was ihr äußeres Erscheinungsbild betraf. Freundlich hatte sie ihn damals angelächelt.

„Na, Jüngsken. Isset wieder so weit! Wat willze denn?“ Sie griff nach einer Papiertüte und präsentierte mit einer ausladenden Geste die Schätze ihrer durchsichtigen Auslage.

„Ich hab ne Mark“, hatte er damals herausposaunt.

„Ja, dat freut mich für dich. Aber wat willze denn gezz?“

In der Schule hatte er alles gedanklich durchgespielt. Er hatte viele Variationen einer gemischten Tüte im Wert von einer Mark vor seinem geistigen Auge gesehen:

Colafläschchen, Weingummischnuller, Salinos, Nappos und Schaum-Erdbeeren, außerdem noch Veilchenpastillen, Schulkreide, Lakritzschnecken, Prickel-Pit, Brause im Goofie-Spender und Esspapier. Jetzt stand er da und hatte das erste Blackout seines Lebens. Mit sieben. In Frau Münchdorfs Bude. Mit der Mark in der Hand.

„Meinze wir schaffen dat, bevor ich in Rente geh?“, fragte Frau Münchdorf trocken.

„Nee,“ hatte er damals gesagt, weil er nicht wusste,

was in Rente gehen bedeutete.

„Gut! Dann geh ich wieder nach hinten, is vielleicht auch besser so! Man kann die Leute auch nur vorn Kopp gucken, is doch wahr!"

Sie hatte ihn durchdringend angeschaut mit einem „Ich-weiß-alles-über-dich-Blick", der ihn erschaudern ließ. Er stand stumm und zur Salzsäule erstarrt vor ihr. Nach ein paar Sekunden schließlich drehte sich Frau Münchdorf achselzuckend um und verschwand durch den Kettenvorhang in ihrem Reich der Finsternis.

Verdattert hatte er ihr nachgeschaut, dann verschämt die Mark in seine Hosentasche zurückgesteckt und sich davongeschlichen. Er wollte es unbedingt am nächsten Tag noch einmal versuchen. Mit Heini Hagedorn als Verstärkung, auch wenn er ihm dann etwas von seinen Süßigkeiten würde abgeben müssen.

Pastor Leinfelder tauchte aus seinen Erinnerungen auf. Er hatte keine Süßigkeiten gekauft, sondern die Mark am darauffolgenden Sonntag nach dem Gottesdienst in den Klingelbeutel geworfen. Jetzt nahm er einen Stapel Papiere und las konzentriert weiter. Hin und wieder pfiff er leise durch die Zähne.

Als er alles durchgearbeitet hatte, wurde ihm so einiges klar. Zum Beispiel, dass er sich auf seine Menschenkenntnis, auf die er immer so große Stücke hielt, nicht unbedingt verlassen konnte. Zumindest was Frau Münchdorf anging.

Hier stand es, schwarz auf weiß! Alles! Die wichtigsten Eckdaten hatte Pastor Leinfelder auf einem Din A4

Blatt zusammengefasst, damit er seine Trauerrede daraus stricken konnte:

Frau Münchdorf, genauer gesagt Frau Dr. Münchdorf, 1925 als Maria Agnes Elisabeth Grünbaum in Wattenscheid geboren, hatte die Zwangsarbeit im Konzentrationslager Ravensbrück überlebt und zog im August 1945 nach Witten. 1953 heiratete sie einen Bergmann namens Münchdorf aus Haltern, der kurz nach der Hochzeit unter Tage verunglückte. 1954 trat sie eine Stelle als Verkäuferin in einem Lebensmittelgeschäft in Essen an. Sie begann sich neben der Arbeit weiterzubilden und machte 1962 am Abendgymnasium ihr Abitur nach. Als der Ladeninhaber starb, hinterließ er ihr sein Geschäft. Sie machte daraus eine Trinkhalle, und richtete ihre Öffnungszeiten so ein, dass sie neben der Erwerbstätigkeit noch Psychologie und Soziologie studieren konnte. Auf diese Weise versuchte sie mehr über menschliches Verhalten zu erfahren, um so ihre Vergangenheit im KZ aufzuarbeiten. 1970 promovierte sie und veröffentlichte zahlreiche wissenschaftliche Aufsätze zur Verhaltensforschung in Fachmagazinen.

Das alles wollte er in seiner Trauerrede erwähnen. Nach reiflicher Überlegung hatte er jedoch entschieden, dass nicht alles zur Sprache kommen sollte.

Die Bude war nämlich nicht nur ihre Einnahmequelle, sondern auch das perfekte Terrain für ihre wissenschaftlichen Experimente. Sie hatte Feldstudien über menschliches Verhalten durchgeführt. Vorzugsweise in der Trinkhalle, aber auch auf der Straße. Sie hatte Menschen beobachtet, ausgefragt und sich Notizen dazu gemacht. Frau Münchdorf kannte die Menschen des Viertels besser als diese sich selbst. Sie hatte akribisch Buch geführt – über jeden und alles. Ihr Interesse galt der Entstehung von Vorurteilen, dem Umgang mit Wahrheit und Lüge und der Frage nach Unrechtsbewusstsein und Gewissen.

Und da kam er, Pastor Leinfelder, ins Spiel. Auf Seite 21, Absatz 3, im Aufsatz über Unrechtsbewusstsein, entdeckte er das „Eine-Mark-Experiment".

Frau Münchdorf war es nämlich, die gut gekleidet und deswegen unerkannt als Passantin die Mark als Köder „verlor". Neben den vielen bekannten Namen aus seiner Gemeinde, die sich alle nach der Mark gebückt hatten, fand er natürlich auch den seinen: Philip Leinfelder, sieben Jahre alt, reaktionsverzögert, ängstlich, aber anständiger Charakter, spendet die Mark der Kirche. Weitere Tests geplant.

Ein späterer Eintrag deutete seinen Werdegang als Pastor an mit dem Hinweis:

Berufswahl bestätigt frühere Erkenntnisse, irritierend allerdings die Mitgliedschaft im Schützenverein sowie Zugehörigkeit zu einer Motorrad-Gruppe.

Pastor Leinfelder las die Notizen noch einmal durch und grinste:

„Tja, man kann die Leute eben nur vorm Kopp gucken, woll!?"

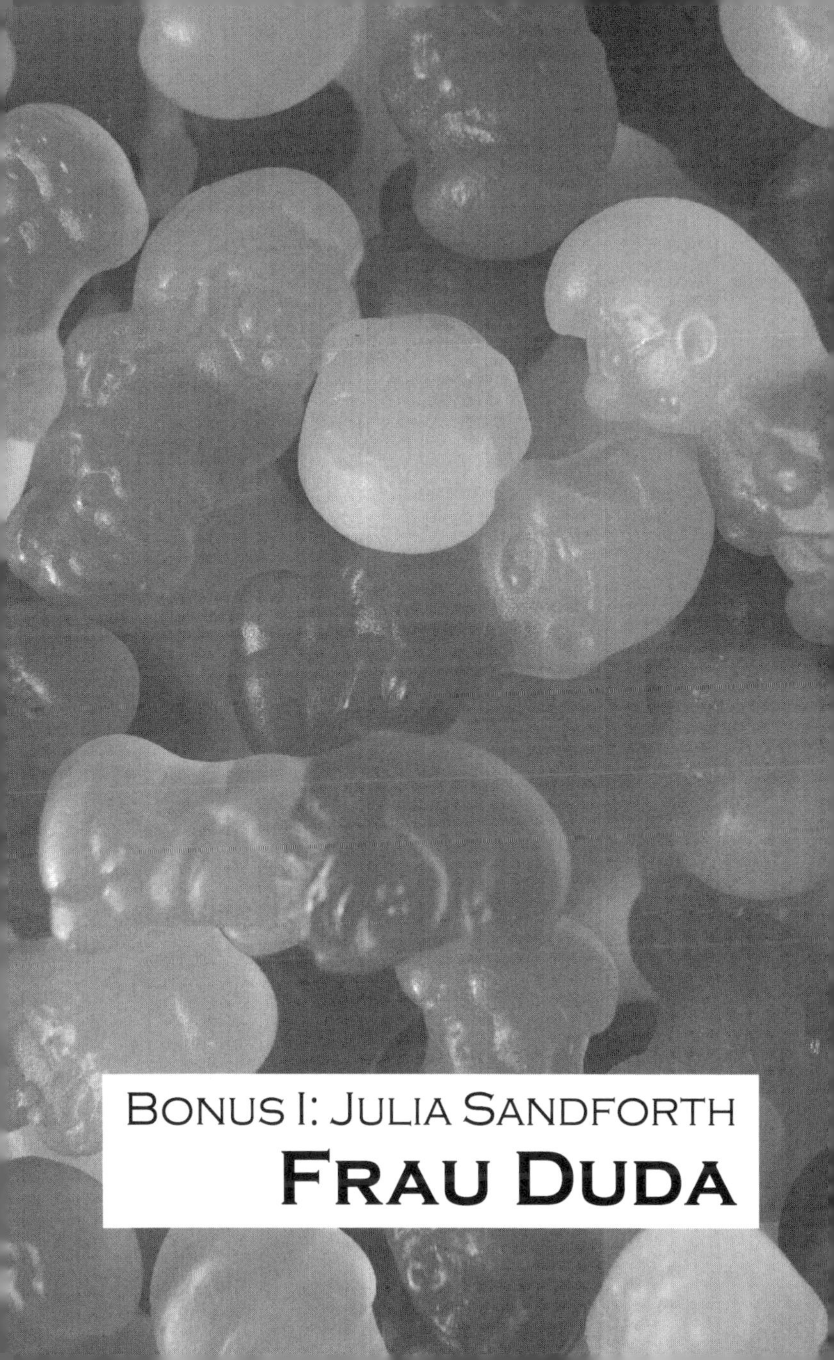

Bonus I: Julia Sandforth

Frau Duda

Heute wäre ein schokoüberzogener Schaumpilztag. Frau Duda kann nun keine Schaumpilze mehr essen. Darum ist es auch kein Schaumpilztag mehr, denn Frau Duda ist nicht mehr, sie ist eingeschlafen, ganz friedlich.

Ich sehe von weitem zu, wie Frau Dudas Büdchen von der Tannenstraße wegradiert wird, auf der keine Tannen wachsen, höchstens welche aus Weingummi. Das Schild wird gerade abmontiert und ausrangiert. Die Bonbons finden ihren Weg nach draußen, nicht in Münder, sind nur noch Reste. Nun gehe ich ohne einen Schlumpf im Mund zu haben, über den meine Zunge fährt und der an meinen Zähnen klebt, zur Schule. Einen Schlumpf im Mund haben. Darüber konnte sich Frau Duda aufregen: „Manche Bonbons ham' doch wat Kannibalisches." Wenn sie sich aufregte, brauchte sie stets ein Stück Schulkreide zur Beruhigung. Das Pulver auf den kleinen Stäbchen bröselt im Mund ein wenig ab. „Es legt 'ne dicke Staubschicht auf die schlimmen Gedanken, über die de dich ärgerst", sagte sie immer, während sie das Stäbchen wie einen Trapezkünstler in ihrem Mund herumwirbeln ließ.

Frau Duda trug eine Brille – so wie jede Oma. Nein, nicht wie jede, sondern wie jede Oma bis auf die Oma von Lars und Nina. Die hat keine Brille und ich bin mir sicher, sie ist keine Oma. Frau Duda hatte eine typische Omabrille auf ihrer Nase und sie war klein – so klein wie ich – es gab vor und hinter dem Budenlükchen keinen Größenunterschied. Sie und ich waren beide klein und sie und ich liebten die kleinen Zuckerlollikirschen auf den pastellgrünen Stielen am liebsten. Gunther gab sie stets ein Pils, sich und mir einen Lolli. „Danke Gerda", brummte Gunther. Ich nannte sie jedoch Frau Duda, weil Duda viel witziger klingt als Gerda. Frau Duda war alles andere als gewöhnlich, sie war einfach keine Gerda, die von Montag bis Sonntag in ihrer Bude wartet. Nein, sie wartete vom Schaumpilztag bis zum Brauseufotag, von der Zur-Schule-geh-Zeit bis zur Mit-Hund-Benny-Gassi-geh-Zeit. Wir haben die Tage in Bonbons umbenannt. Montag und Freitag, Donnerstag und Mittwoch – diese Bezeichnungen nahmen doch alle in den Mund. Wir nahmen am liebsten Bonbons in den Mund. Wieso sollten wir deshalb die Tage nicht so benennen? Frau Duda zog stets die richtigen Schlüsse, schnörkellose, ohne Umweg – nicht so gewunden wie die Weingummischnüre in der gelben durchsichtigen Packung. Meine Tüte bestellte ich immer ohne Schnüre und das tat ich Frau Duda zuliebe. Mit der kleinen silbernen Zange konnte sie diese so schlecht packen. „Die kleben schon wieder, fuchsteufel", fluchte sie immer.

Für drei Mark bekam man eine Riesentüte, die Leute standen Schlange und bestellten Tüten per Telefon vor. Meine Mama meint immer, sie würde pleite gehen, wenn sie die Tüten immer so voll packt – von Wirtschaft verstehe ich noch nichts. Frau Duda erklärte mir ihre Wirtschaft immer so: „Es jibt Menschen, die ein großes Herz haben und welche, die en kleenes haben. Da ich hoffe, en großes zu haben, sollen auch die Tüten, die ich verkaufe, groß sein. Ich möchte nich reich werden. Ich bin schon alt. Ich verkaufe nich, um zu verdienen, sondern darum, dass mein Herz so groß bleibt wie et is." Erst jetzt verstehe ich: Sie verkaufte in ihrer Bude, weil ihr Herz daran hing, nicht weil sie Reibach machen wollte.

Um vieles beneide ich sie. Traurig bin ich um sie. In meiner Tasche hüte ich noch eine Erinnerung an den gestrigen Schulweg – Schulkreide. Ich stecke eine in den Mund. Der weiße Pulverschnee fällt auf meine Zunge und durch die dicke Schicht wird die Trauer lautloser, weil sie nicht mehr so gut atmen kann. Die meisten Kinder um mich herum kennen Frau Duda gar nicht. Während Marie über das Gummitwist springt, das sich wie eine Weingummischnur um das Klettergerüst und Sarahs Beine windet, finde ich einen Schlumpf neben der Kreide. Dem Schlumpf, dessen roter Hut vom weißen Staub bedeckt ist, dem beiße ich den Kopf ab. Dann ist Frau Duda da oben nicht so alleine.

Bonus II: Florian Hartinger

Das weltweit erste Budenmenü

1. Vorspeise

Fernsehabend

Cremè aus Snacks und Bier
auf saisonalem Potpourri

2. Vorspeise

Kartoffelchips

Kalte Suppe in neuem Gewand

1. Hauptgang

Studentenfutter 2.0

Studentenfutter zu Lamm, Bohnen und Ziegenkäse

2. Hauptgang

„Currywurst-Schranke“

Schweinebäckchen mit Curry-Tomaten-Marmelade
und Curry-Mayonnaise, dazu frischer Salat

Dessert

Snickers

Selbstgemacht, ohne Worte!

Alle Gerichte sind eigens vom Koch Florian Hartinger für den 1. Tag der Trinkhallen entwickelt worden. Er arbeitet zurzeit als Gardemanger und Patissier im „Maibeck“. Der Schwerpunkt seines Kochens liegt in der Verwendung saisonaler und regionaler Zutaten allerhöchster Güte. So kommt es, dass er auch alles verarbeitet, was er im Wald und auf Wiesen finden kann – oder in einer Bude!
Ab Ende August 2016 gibt es die Rezepte zum Nachkochen inklusive einiger Bilder auf der Homepage der Ruhrpoeten: www.ruhrpoeten.org.

NACHWORT

Die Bude ist ein besonderer Ort – nicht nur, aber insbesondere im Ruhrgebiet. Hier blickt man auf eine lange Tradition der Büdchenkultur zurück. Die Dichte der vorhandenen Nachversorgungsstationen sucht ihres gleichen! Noch.

Trinkhallen gibt's hier in allen Variationen: alteingesessen mit langer Familientradition oder gerade neu eröffnet, von der Bretterbude bis zur Designer-Trinkhalle, vom Fensterlädchen bis zum Mauerkiosk. Das Sortiment reicht vom Standard mit Zeitungen, Zigaretten und der gemischten Tüte über exklusive Nischenangebote bis zum Tante-Emma-Regal mit allen Notwendigkeiten des täglichen Bedarfs. Auch die Öffnungszeiten halten sich an keine Regeln. Sie sind nicht zuletzt der Umgebung und den Wünschen der Kundschaft angepasst.

Es gibt sie auf dem Land, in Wohngegenden aber auch mitten im Ballungsgebiet. Gerade in den größeren Städten erfüllen sie oftmals die Funktion eines urbanen Dorfplatzes – sind Treffpunkt, schwarzes Brett und Diskussionsarena für alle wichtigen Neuigkeiten. Der Charme einer Bude hängt dabei wesentlich mit seinem Betreiber zusammen. Da gibt es das Ruhrpott-Original mit einem großen Schatz an Dönekes und Anekdötchen. Den Tierfreund, der eine kostenlose Hundetränke zur Verfügung stellt. Den Lieferservice, wenn Kunden zeitweilig oder langfristig eingeschränkt sind. Den

Seelsorger, wenn man gerade etwas auf dem Herzen hat. Und den Held des Tages, der morgens früh schon offen hat, wenn man zu spät bemerkt, dass kein Kaffee mehr im Haus ist.

Trotz dieser Vielseitigkeit und ihrer Anpassungsfähigkeit werden die Büdchen im Revier immer weniger. Verlängerte Ladenöffnungszeiten, erweiterte Tankstellensortimente und Preiskämpfe erschweren seit Jahren zunehmend ihre Situation. Nicht zuletzt ein Grund das anhaltende Engagement der Betreiber*innen und ihre soziale Rolle als Begegnungsort zu würdigen.

Die Ruhr Tourismus GmbH hat zusammen mit dem 1. Kiosk Klub 06 e.V. das Jahr der Trinkhallen ausgerufen. Projekte wie dieses Buch sind die Bausteine, die dieses Jahr mit Leben füllen und den „Mythos Bude“ lesbar machen.

Axel Biermann
Ruhr Tourismus GmbH

Autoren-verzeichnis

Marlies Blauth, geboren 1957, verbrachte ihre Kindheit und Jugend in Dortmund, studierte Biologie, Kunsterziehung und Kommunikationsdesign. Seit 1990 hat sie regelmäßig Ausstellungen (Malerei, Grafik, experimentelle Techniken) im In- und Ausland. Seit 2006 veröffentlicht sie vor allem Lyrik in zahlreichen Anthologien und Literaturzeitschriften. 2013 erhielt sie den Dorstener Lyrikpreis, 2015 erschien ihr Lyrikband „zarte takte tröpfelt die zeit“ (NordPark Verlag Wuppertal). Marlies Blauth lebt und arbeitet in Meerbusch bei Düsseldorf. www.kunst-marlies-blauth.blogspot.de

Brigitta Brand, 1961 in Bonn geboren. Der rote Faden der Leidenschaft für Bücher – insbesondere Kinderbücher – durchwirkt ihr Leben seit sie „denken“ kann (also noch vor dem Lesen-können). Er äußerte sich anfänglich in engagierter Büchereiarbeit (ehrenamtlich und hauptamtlich), des Buchhändlerinnendaseins, der der Bibliotheksassistentin und schließlich der Schreiberin von Büchern. Aktuell startet sie mit einer neuen und temperamentvollen Einrichtung: Lachyoga & Literatur. Auf dass uns die schöne Kunst ein weiteres Stück Lebensfreude schenkt! Veröffentlichungen siehe unter www.BrigittaBrand.de

Ursula Busch, geboren 1952 in Gelsenkirchen-Rotthausen gegenüber der Zeche Dahlbusch. Nach Abschluss der Schule Ausbildung zur Chemielaborantin. Erste Anregungen zum Schreiben durch die Deutschlehrerin, danach hat sie in Abständen immer wieder Gedichte und Kurzgeschichten verfasst, bisher aber nur für den privaten Gebrauch. Nach der Ausbildung in der Industrie bis zum Beginn der Rente aus Überzeugung im öffentlichen Dienst des Landes NRW für den Umweltschutz tätig. Seit einigen Jahren leidenschaftliche Hobbyfotografin. Beides, Schreiben und Fotografieren, sind ein willkommener Ausgleich zu Chemie und Technik. 2013 hatte sie die erste Fotoausstellung („Auf den zweiten Blick") in der Orangerie der Gruga (Essen).

Franz Firla, Jahrgang 1944, ist Mitglied von „Aul Ssaan", dem Saarner Mundartstammtisch. Als ehemaliger Musiklehrer hat er zahlreiche eigene und fremde Texte über Mülheim und seinen Stadtteil Saarn vertont. So auch den Bänkelsong „Oma Scholl ihr Büdeken" zu einem Text der 2015 verstorbenen Saarner Psychologin Dr. Dr. Adeleid Krautschik alias Heidi Mink. Sie hatte 2006 die Gedichtsammlung „Das Dorf in mir" veröffentlicht. Die im Text beschriebene Bude der Oma Scholl stand an der Landsberger Straße und ist alten Saarnern noch gut bekannt. Ganz sicher wäre Heidi Mink begeistert gewesen, mit dem ihr gut bekannten Franz Firla zusammen an einem Literaturwettbewerb teilzunehmen.

Birgitta Gronau, 1961 in Bochum geboren, hat Sozialwissenschaften studiert und arbeitet bei der Stadt Bochum als stellvertretende Gleichstellungsbeauftragte. Sie ist Mitglied der Autorinnengruppe „clara fontana“ und veröffentlichte bereits Kurzgeschichten in diversen Anthologien, unter anderem den Text „Das elektronische Einstiegskontrollsystem 4.0“ in der Anthologie zum zweiten Ruhrgebiets-Literaturwettbewerb „Druckstellen“. Beim dritten Ruhrgebiets-Literaturwettbewerb hat sie mit ihrer Kurzgeschichte „Leere“ den zweiten Platz gewonnen.

Katharina Grzegorek, geboren 1986, aufgewachsen in Essen. Sie hat in Bochum und Strassburg Medizin studiert. Sie lebt nun in Offenbach und arbeitet als Redakteurin bei der „Ärzte Zeitung“.

Frank Huvermann, Jahrgang 1962, ist am Niederrhein aufgewachsen und 1986 nach Essen gezogen. Seit 2003 lebt er mit seiner Frau und zwei Töchtern in Witten. Er arbeitet als Ergotherapeut mit Kindern, ist Mitglied der GEMA, schreibt Liedtexte, Kurzgeschichten und Gedichte. Seine Werke wurden bisher in Anthologien, bei Musikverlagen (Songtexte) und in einem Fachbuch für Ergotherapeuten veröffentlicht.

Thomas Kade, geboren 1955, kam 1961 ins Ruhrgebiet und lebt seit 1980 in Dortmund. Er arbeitet als Kulturpädagoge, Buchhändler und Autor. Er veröffentlichte bisher unzählige Gedichte und Gedichtbände, unter anderem „Die Augen beim Lieben. Poem" (2002) und „Körper Flüchtigkeiten" (2011).

Sarah Meyer-Dietrich, geboren 1980, ist im Ruhrgebiet aufgewachsen. Sie studierte Wirtschafts- und Kulturwissenschaften in Bochum und Hagen. Nach der Promotion war sie als Geschäftsführerin des Friedrich-Bödecker-Kreises NRW tätig. Seit 2016 arbeitet sie als freie Autorin, Projektleiterin und Dozentin für kreatives Schreiben. 1999 Prämierung beim Treffen junger Autoren in Berlin, 2012 Richtungsding-Preisträgerin, 2014 Förderpreisträgerin des Literaturpreises Ruhr, 2015 gewann sie den dritten Ruhrgebiets-Literaturwettbewerb mit der Kurzgeschichte „Dicht an dicht". Im Herbst 2016 wird ihr erster Roman „Immer muss man mit Stellwerksbränden, Streiks und Tagebrüchen rechnen" im Verlag Henselowsky Boschmann erscheinen. Weitere Infos unter www.sarahmeyerdietrich.de.

Matthias Reuter, Jahrgang 1976, stammt aus, wohnt und bleibt im Ruhrgebiet. Studiert hat er auch: Germanistik, Geschichte und Philosophie mit Magisterabschluss, also Kleinkunst-Fachabitur. Taxifahren liegt ihm nicht. Darum ist er Kabarettist geworden. Seit 2010 kann er davon leben. Sagt sein Vermieter. Bis 2070 muss er davon leben. Sagt sein Rentenbescheid. Sein aktuelles Kabarettprogramm trägt den Titel „Auswärts denken mit Getränken", ist also von vorne bis hinten trinkhallenkompatibel. Bisherige Veröffentlichungen: CDs „Auf Schwarz sieht man alles", „Die Menschen sind 'ne

Krisenherde", „Auswärts denken mit Getränken" und das Buch „Schrecken des Alltags" im WortArt-Verlag sowie das Buch „Mäh!" im Satyr-Verlag.
Weitere Infos unter www.matthiasreuter.de

Stefan Robok, Jahrgang 1969, lebt in Bochum und im Ruhrgebiet. Nach dem Studium der Geschichte an der Ruhr-Universität-Bochum war er in verschiedenen Berufen tätig und schreibt seit jeher. Diverse Texte sind auf www.keinverlag.de unter dem Avatarnamen TrekanBelluvitsh veröffentlicht. Sein Text „Völlig dicht!" wurde in der Anthologie „dicht!?" zum dritten Ruhrgebiets-Literaturwettbewerb aufgenommen.

Julia Sandforth, 1985 geboren in Bottrop, lebt nun in Berlin. Sie studierte Germanistik und Philosophie in Bochum und Literarisches Schreiben in Hildesheim und arbeitet journalistisch und kulturvermittelnd. Sie konzipiert, organisiert und leitet unter „Kulturflausen" Kreativprojekte. Neben Veröffentlichungen von Kurzgeschichten in Zeitschriften und Anthologien war sie 2011 Landesstipendiatin im Künstlerhaus Salzwedel und erhielt 2013 das Arbeitsstipendium des Niedersächsischen Ministeriums für Wissenschaft und Kultur.

Rüdiger Schulte ist 1941 in Gelsenkirchen geboren. Nach technisch orientiertem Studium und Berufsleben startete er 2006 literarisch durch mit „Dinner for One im Ruhrpott", erschienen im Verlag edition nautilus. Sein Text „Nachbarn" wurde in die Anthologie

„dicht!?“ zum dritten Ruhrgebiets-Literaturwettbewerb aufgenommen. In den beiden Literaturwettbewerben „Mensch Emscher“ belegte er jeweils den zweiten Platz. Seine Kurzgeschichten stellte er in etlichen Lesungen der Öffentlichkeit vor. Im Frühjahr 2017 erscheint sein erster Regionalkrimi im Verlag Ruhrliteratur.

Ullrich Spiegelberg ist als Diplom-Bibliothekar in der Stadtbücherei Gelsenkirchen tätig gewesen. Jetzt ist er Sprachspieler – sowohl linguistisch als auch literarisch.

Klara von Annen wurde am 16. Januar 1959 in Witten/Ruhr geboren. Sie ist der zuletzt geborene schreibende Drilling des Trios Vollmer-Müller-Annen. Während die erstgeborene Schwester schon vor über 15 Jahren mit satirischen Texten an die Öffentlichkeit ging, und die zweitgeborene Schwester seit 2006 Stücke für das Theater schreibt, hat sich Klara von Annen in den letzten Jahren in die Provence zurückgezogen, um Novellen und Schicksalsromane zu schreiben. Jetzt ist sie mit klassischen Kurzgeschichten zurückgekehrt.
Weitere Informationen zur Autorin gibt es unter www.jule-vollmer.de/index.php/litart-edition.

Finanz- und Steuerberatung ist Vertrauenssache.
Steuerbüro
Sabine Schabio
Steuerberaterin
Surkampstraße 72a
45891 Gelsenkirchen
Telefon: 0209/72830
info@steuerberaterin-schabio.de
www. steuerberaterin-schabio.de

Ruhrpoeten e.V.

Wir führen Literaturwettbewerbe durch. Wir planen Veranstaltungen und Lesungen. Wir fördern Projekte rund um Literatur und Kultur.

Der Verein Ruhrpoeten e.V. fördert Literatur im Ruhrgebiet und über das Ruhrgebiet. Wir möchten die bestehende Kultur- und Literaturlandschaft Ruhrgebiet ergänzen, bereichern und vor allem den literarischen Nachwuchs fördern. Unsere Veranstaltungen sind so, wie gute Literatur sein sollte – locker und leicht. Fördermitglieder unterstützen durch ihren Jahresbeitrag die Vereinszwecke und werden regelmäßig über die Tätigkeiten informiert.
Informationen finden sich auf unserer Homepage www.ruhrpoeten.org.